부유한 청지기

하나님의
단골은행

김진만 지음

베드로서원

하나님의 단골은행

추천의 글 1

나는 크리스천 직장인들에게 직업의 소명보다 먼저 돈에 대해서 가르친다. 소명의 문제가 돈의 문제보다 덜 중요해서가 아니다. 소명의 문제가 훨씬 중요하다. 그러나 대부분의 직장인들에게 돈의 문제가 현실에서 우선이 되기 때문이다. 직장생활을 하는 이유를 물어보면 거의 모두가 돈을 벌기 위해서라고 말한다. 그래서 직업이 하나님의 소명인 것을 믿고 그렇게 가르치지만, 직장인들에게 현실적으로 다가오는 돈 문제를 먼저 다루는 것이다. 사실 돈 문제를 성경적으로 이해하고 실천할 수 있을 때 직장생활이 원만하게 된다. 그런 의미에서 직장사역의 시작은 돈에 대한 성경적인 이해에서 시작된다고 해도 지나친 말이 아니다.

그렇기 때문에 이 책을 모든 직장인들에게 소개하고 싶다. 저자의 돈에 대한 생각은 성경에 근거를 두고 있으며 신학적으로 균형 잡혀 있다. 금욕주의를 주장하지 않으면서 절제를 가르친다. 동시에 물질주의에 빠지지 않으면서 지혜롭게 부자가 되도록 가르친다.

무엇보다도 마음에 드는 것은 우리의 삶에서 돈과 관련되는 거의 모든 문제를 다 다루고 있다는 점이다. 크리스천들이 신앙적으로 판단하기에 고개를 갸우뚱하게 만드는 문제들, 투자, 보험, 사교육비, 노후준비 등에 대해서 아주 명쾌하게 설명해준다. 특히 개인적으로 사교육비에 대한 과도한 지출이나 나이든 부모에 대한 경제적인 봉양을 제대로 하지 않는 현실에 대해서 안타까워했었는데 그런 문제들도 빠짐없이 지적하고 있다. 아마도 돈과 관계되는 거의 모든 문제를 다 다루지 않았나 생각된다.

내가 아무리 돈에 대해서 가르친다고 해도 목사로서 도움을 줄 수 없는 영역이 있다. 재정문제는 전문가의 도움이 필요한 영역이다. 바로 이 부분에서 저자는 전문적인 지식과 그동안의 경험을 바탕으로 아주 실제적이고 구체적인 방안을 내 놓는다. 돈과 관련된 문제들의 통계와 문제를 해결하는데 필요한 구체적인 대안들을 책을 읽는 사람들이 그대로 실천만 한다면 많은 유익을 얻을 수 있으리라 생각된다. 돈에 대한 바른 가치관을 갖는 만큼이나 구체적으로 그것을 어떻게 실천하느냐가 중요하기 때문이다.

솔직히 나도 돈 문제에 대해서 성경적으로 바로 이해하고 있다고 하지만, 실제적인 문제에 들어서면 전문적인 지식이 없기 때문에 실수하는 경우가 종종 있다. 이 책이 그런 실수를 방지해주리라 생각한다. 크리스천 직장인들이 꼭 사서 읽되 한 번만 읽는 것이 아니라 두고두고 사용해야 할 책이다. 그리고 함께 경제생활을 할 배우자에게 권해야 할 책이다.

이 책의 내용을 숙지해서 크리스천들은 물질이 하나님이 된 세상 속에서 돈을 주님의 눈으로 보게 되기를 기대한다.

이랜드 사목, 직장사역연구소 소장, 방선기

추천의 글 2

전 세계가 경제위기로 몸살을 앓고 있다. 교회와 성도들 역시 경제 위기를 겪으면서 재정적인 문제로 많은 고민과 갈등을 하고 있다. 실제로 많은 교회들이 경제 위기가 확산되면서 헌금이 감소하고 성도들 역시 재정을 어떻게 운영해야 하는지에 대한 관심이 그 어느 때보다 고조되고 있는 것 같다.

그런데 안타깝게도 많은 성도들이 재정 운용에 대해서 전문적인 지식이나 식견이 부족한데다가 성경적 재정 원칙에 대해서도 잘 모르는 경우가 많아서 성도들이 재정문제로 더 힘들어하는 것 같다.

이런 시점에 크리스천들이 어떻게 성경적인 재정 원칙에 따라 돈을 벌고 하나님이 주신 물질에 대한 청지기로서 신앙도 지키며 부유하고 거룩한 영향력을 끼치는 크리스천으로 살 수 있는지에 대한 중요한 원리들을 정리해 둔 '하나님의 단골은행' 책이 출간된 것은 참 반가운 일이 아닐 수 없다.

책을 읽다보면 단순히 이론만을 말하지 않고 필자가 경험하고 몸소 느꼈던 것들을 통해 아주 실제적이고 구체적인 재정 운영의 원리들을 제시해주고 있다. 크리스천이면서 평소 재정적인 문제로 갈등과 고민을 하고 있는 사람이라면 이 책을 통해 명확하고 실제적인 해답들을 얻을 수 있다고 본다.

'하나님의 단골은행' 책을 통해 한국 교회의 모든 성도들이 성경적인 재정 원칙들을 세워가고 더 나아가서는 하나님의 뜻에 합한 복 받은 크리스천 부자들이 많이 나왔으면 하는 바람이다.

한국대학생선교회(C.C.C.) 대표, 박성민 목사

추천의 글 3

기독교인의 재정관리에 대한 좋은 책은 첫째 성경적이어야 하고, 둘째 구체적이어야 하고, 셋째 현재와 미래에 유익이 되어야 한다. '하나님의 단골은행'은 이 세 가지 조건을 동시에 충족시키는 대단히 좋은 책이다.

이 책은 기독교인이 "신앙 따로, 경제생활 따로"의 삶을 사는 것에 대해 말씀을 통하여 도전할 뿐만 아니라 하나님 보시기에 아름다운 재정관리에 대해 아주 구체적으로 설명한다. 재정관리의 원리에서부터 시작하여 지출관리, 신용카드의 사용, 부채관리, 투자 등에 이르기까지 우리가 일상 직면하는 경제생활에 대해 성경적 관점으로 조망함은 물론, 구체적인 지침까지 제시하고 있다.

기독교인들이 재정관리에서 실패하면 신앙에서 실패하는 것이다. 이 책은 그런 위험에 빠질 수 있는, 나를 포함한 많은 기독교인에게 큰 유익을 줄 수 있는 책이다. "어떻게 사는 것이 하나님이 기뻐하시는 경제생활일까" 고민하는 기독교인들, 신앙과 생활을 분리시켜 살아온 분들, 결혼을 앞둔 예비부부들, 그리고 한국교회의 건강성을 염려하는 교회지도자들에게 반드시 일독을 권하고 싶다.

서울대학교 경제학과 교수, 김병연

추천의 글 4

　돈으로 하나님 앞에 바른 인간이 되는 법.
　돈으로 인간으로서 가장 제대로 행복해지는 법.
　비로소 돈으로 자유로운 영혼을 갖게 되는 특별한 은행, 하나님의 단골은행이 문을 열었다.

　이 책은 일부 부패하고 탐욕스런 기독교인들 때문에 갖게 된 기독교에 대한 오해와 반감을 다시 되돌아보게 하며, 방 한구석에 밀쳐 두었던 성경책을 찾아보게 만드는 힘이 있다.
　읽는 내내 영적인 글귀 하나하나에 마음까지 경건해진다. 돈에 대한 이야기를 이렇게 경건하게 접할 수 있음이 참으로 반갑다.

(주)에듀머니 대표, 제윤경

contents

contents

contents

나가며 _ 하나님의 단골은행이 되다

성경이 이끄는 부유한 청지기를 꿈꾸다

아버지 이야기

나의 아버지는 당대 이름 있는 목수셨다. 동네는 물론이고 읍과 도를 벗어나 멀리 만주까지 다니시며 많은 사람들의 집을 지어주셨다고 한다.

아버지는 내세울만한 재산이나 배움이 없어서인지 선량한 양심과 숭고한 교육적 가치를 누구보다 고집하였던 분이셨다. 그래서 아버지는 "좋은 친구를 가까이 해라, 책 사는데 돈 아끼면 안 된다"는 말씀을 늘 하셨고, 두세 달에 한 번씩 쌀을 보내거나 사정이 여의치 않을 때는 그 집 일을 대신해 주는 것으로 월사금을 내 주시며 궁색한 중에도 아버지는 나를 서당에 억척스럽게 보내셨다.

그런데 나의 어린 시절 기억을 더듬어 보면 부모님은 자주 다투셨다.

이유는 돈 때문인 것 같았다. 어머니는 아버지를 향해 무능하다는 말을 자주하셨고, 아버지는 그저 묵묵히 듣고만 계셨다. 아버지는 이재(理財)에 어두웠고 돈을 불리는 수완이 없으셨다.

아버지는 무슨 일인가를 열심히 하셨지만, 사람이 좋아 가끔은 사기를 당하셨고 일하고도 제 삯을 받지 못할 때도 있었다. 그러나 아버지는 누구처럼 술로 인생을 한탄하지 않으셨다. 오히려 사람들은 아버지의 착한 심성과 부지런함에 칭찬을 아끼지 않았다.

또 제법 많은 돈을 벌어 오실 때도 있었지만, 두둑한 돈 봉투는 열리자마자 여기저기 빌린 돈을 갚느라 항상 부족했고, 그래서 늘 우리 가정은 가난하고 쪼들린 삶을 살아야 했다.

타지에 나가 공부하는 형에게 돈을 보내기 위해 읍내 시장 어귀에 자리한 생선가게 젊은 사장 앞에서 굽실거리며 빚을 얻는 아버지의 모습을 나는 부끄러워했다. 또 학교에 내야 할 수업료나 육성회비 납기일이 다가 오면 나의 마음은 불안했고, 갖고 싶은 물건이나 보고 싶은 책이 있어도 꾹 참아야 했다.

나중에 안 사실이지만 아버지는 도박 빚에 쫓겨 다니던 큰아버지의 빚을 어머니 몰래 조금씩 갚아 나가고 계셨다. 또 아버지는 할아버지 할머니를 모시고 작은 아버지를 보살펴야 하는 처지에 몸과 마음은 어머니 앞에서 표현 못할 외로움과 원망을 늘 지니고 있었던 것 같다. 아버지는 한 평생을 그렇게 사셨다.

친구 이야기

교회 청년부의 회장과 부회장으로 만나 줄곧 교제해 오다 대학을 졸업하던 해에 행복하게 결혼에 골인한 이 친구는 결혼과 동시에 당시 가장 인기 있던 대기업에 취직을 했고 그의 아내도 작은 무역회사에 다니게 되었다.

형보다 먼저 결혼한 까닭에 친구의 아버지는 어려운 중에도 약간의 대출을 포함하여 작지만 포근하고 아늑한 보금자리를 마련해 주셨다.

그런데 결혼한 지 2년이 지나자 친구 부부는 좀 더 큰 집에서 살고 싶어졌다. 자기가 얼마나 잘 나가는지 친구와 가족들에게 보여주고 싶어졌던 것이다. 그래서 상당히 많은 돈을 은행에서 빌려 강남에 아파트 한 채를 장만했다. 처음에는 빚이 늘어나는 것에 대한 부담이 컸지만 부부가 열심히 몇 년만 일하면 다 갚을 수 있을 것이란 생각에 기분이 홀가분해졌다. 새 집에 이사해 침대와 소파 등 큰 집에 맞는 인테리어와 소품을 새로 구입하고 직장 동료와 친구들도 초대해 식사를 함께했다.

어느 날 친구는 증권사에 다니는 선배에게서 코스닥시장(KOSDAQ)의 특정 기업 주식에 관한 은밀한 얘기를 건네 들었다. 이른바 작전이 곧 시작된다는 것이었다.

그래서 그는 갖고 있는 카드와 신용을 담보로 대출을 받아 3천만 원을 투자했고, 이 주식은 3일 연속 상한가를 기록하는 등 며칠 후에는 어마어마한 돈을 벌어다 줄 것이라는 기대를 안겨주었다. 그러나 어찌된 일인지 4일째 되는 날 거침없는 상승행진이 끝나고 바닥으로 곤두박질치기 시작했다. 내일이면 괜찮아지겠지 하며 기다려보았지만, 이제는 하한가에도 매물이 넘쳐 도무지 사려고 하는 사람이 없었다. 한 주당 5천 원 하던 주식이 백 원이 되는 날 친구 부부는 이성을 잃어버렸다.

시간이 흘러 새 집에 이사 온 지 1년이 지났다. 이 친구 부부에게는 아이가 태어났고 아내는 육아를 위해 회사를 그만두고 집안일을 하게 되었다. 그러나 매달 청구되는 대출 이자는 가정경제를 압박하기 시작했고 살림을 잘 하느니 못 하느니 하며 말다툼이 잦아졌다.

게다가 남편이 결혼 전에 진 5천만 원의 빚이 수면 위로 떠올랐고, 설상가상으로 남편은 회사의 구조조정으로 일하던 회사에서 나와야 했다. 아내는 남편에 대한 원망과 불평이 쏟아졌고, 남편은 이혼하자는 말보다 더 큰 심적 상처를 입게 되었다.

다시는 그 가정에 가계 전반에 대한 의논은 없었고 이들 부부는 큰 실의에 빠지고 말았다. 상황의 반전을 위해 기도하고자 무릎을 꿇었지만, 아무 기도도 할 수 없었다.

친구 부부가 하나님과의 사귐에서 오는 그 달콤함을 회복하고 하나님을 예배하기까지는 그로부터 상당한 시간이 흐른 뒤였다.

나의 이야기

어린 시절 가난하게 성장했던 환경은 예수 믿는다고 하루아침에 변하지 않았다. 오히려 살기는 더 버겁고 힘들어지는 것 같았다. 물질적 부요가 행복을 대변할 수는 없지만, 부족한 돈으로 세상을 살아간다는 것은 불편했고 행복하다고 생각되지 않았다.

그래서 학창 시절 교회학교 선생님의 따뜻한 관심과 물질적 섬김은 너무도 감사했다. 하나님의 특별하신 돌보심과 배려였다.

대학교 때 나는 하나님의 주권과 풍성함에 대해 알았다. 그러면서 나는 교회에 다니는 주변 사람들을 보며 '모든 만물의 주인이신 하나님의 자녀 된 크리스천이 왜 가난하게 살아야 하는 것일까?' 의아한 생각이 들었다. 모든 것의 주인이시고 부요한 아버지가 자녀의 가난과 어려움을 보고 기뻐하실 리 없다고 생각했기 때문이다.

나는 대학을 졸업하고 우유회사에 취업해 한 동안 샐러리맨으로 시간을 보냈다. 그리고 더 많은 돈을 벌기 위해 직장을 옮겨 다니다가 무역업을 시작했고 건축경기가 호황이던 때에 중국과의 거래를 통해 상당히 많은 돈을 벌게 되었다.

하지만 아무리 돈을 많이 벌어도 마음은 언제나 만족이 없고 쓰기에는 턱 없이 부족했다. 또 현실보다도 불안할지 모를 미래를 늘 걱정하며 초조해하며 살고 있는 나를 보게 되었다. 그래서 더 큰 만족을 위해 사업을 확장하고 열심히 일을 해야만 했다.

그러나 우여곡절 끝에 진출한 해외 건설 사업이 한 순간에 물거품이 되고, 지금까지 가졌다고 생각했던 모든 것을 잃는 아픔을 경험하며 내가 소유했던 모든 것이 더 이상 내 것이 아님을 깨닫게 되었다.

우리는 365일 내내 돈과 관련하여 생각하고 고민하며 살아간다.

아버지가 생전에 경영하던 면세품 관련 회사의 상속 문제로 소송을 하며 형제가 등을 돌린 사건이나, 어느 전직 프로야구 선수가 네 모녀를 참혹하게 살해하고 자신은 한강에 투신자살한 이야기는 모두 돈 때문에 일어난 사건이다.

또 어느 경우에는 5년 동안이나 살을 맞대고 살아온 부부가 19억 원의 로또에 당첨되면서 당첨금 분배 문제로 법정 다툼을 벌이다가 갈라서기도 했다.

크리스천이라고 해서 돈 문제에 있어 예외일 수 없다. 많은 가정이 빚의 올무가 되어 돈에 조정 당하거나 신앙을 포기하고 있으며, 교회 안에서의 잘못된 거래와 재물로 인한 상처 등으로 인해 교회를 떠가가는 사람들도 있다.

이 책을 통하여 재물의 많고 적음이 하나님의 주권 아래에 있고, 우리의 모든 소유권이 하나님께 속하여 있음을 고백하고 인정하는 사람들에게 만족과 기쁨이 있기를 바란다. 그리고 여기에서 소개하는 성경적 재정관리 8가지 원칙을 따라 재물을 잘 관리하고 다루는 방법을 익힌다면 풍성하신 하나님께서 주시는 차고 넘치는 삶을 경험하게 될 것이다.

끝으로 부족한 원고를 책으로 만들어 주신 베드로서원 사장님과 바쁘신 중에도 추천사를 써주시고 아낌없는 격려를 보내주신 방선기 목사님과 박성민 목사님, 김병연 교수님, 그리고 이 책이 나오기까지 도움을 주신 영적인 스승 최재호 목사님과 보아스파이낸셜클리닉의 이광섭, 김서로, 김준호, 박상훈 팀장에게 진심으로 감사를 드린다.

또 오랜 시간 돈과 씨름하는 남편을 변함없이 지켜 봐 준 사랑하는 아내와 때마다 옹골진 생각을 보태어 준 아들 민서와 민하는 글을 써가는 내내 나에게 큰 기쁨이 되어주었다.

1장

청지기 원리

하나님이 돈을 맡기셨다

"한 사람이 두 주인을 섬기지 못할 것이니
혹 이를 미워하고 저를 사랑하거나 혹 이를 중히 여기고 저를 경히 여김이라
너희가 하나님과 재물을 겸하여 섬기지 못하느니라"(마 6:24)

"여호와여 위대하심과 권능과 영광과 승리와 위엄이 다 주께 속하였사오니
천지에 있는 것이 다 주의 것이로소이다"(대상 29:11)

"너희가 만일 불의한 재물에도 충성하지 아니하면 누가 참된 것으로 너희에게 맡기겠느냐"
(눅 16:11)

청지기 원리 _ 하나님이 돈을 맡기셨다

성경이 '돈' 을 말하는 진짜 이유

신파극 '이수일과 심순애' 에서 돈이냐 사랑이냐를 놓고 고민하다가 결국 김중배의 다이아몬드에 이수일의 지고지순한 사랑이 묻히는 내용으로 마무리되고 있다. 다만 이수일이 다이아몬드를 가졌더라면 하고 이 비극적인 사랑을 안타까워할 뿐이다.

오늘날 우리는 삶의 대부분을 돈과 관련해 살아가고 돈을 중심으로 움직인다. 희로애락을 돈과 함께하고, 돈 때문에 누군가를 축복하기도 하며, 미워하고 심지어 살인까지도 서슴지 않는다.

오래전 박한상군 사건이나 수원 영화동 '떼강도' 사건은 모두 돈 때문에 자신의 부모를 잔인하게 죽인 사건이다. 또 어느 대기업 회장은 자식을 때린 사람들을 폭력배를 동원하여 보복 폭행하고는 '돈' 으로 이 사건을 무마하려고도 했다.

최근 통계청의 발표에 의하면 부부가 이혼하는 사유로 부부 불화는 10년 동안 13.1%가 감소한 반면, 경제적 이유가 원인이 된 경우는 같은 기간 동안 11.8%가 증가되었다. 돈이 한 사회의 가족체계까지도 무너뜨릴 만큼 대단한 위력과 파괴력을 갖고 있는 셈이다.

성경에서도 돈에 관해 친절하게 그리고 개인의 세밀한 영역에 이르기까지 말씀하신다. 직접적으로 언급한 말씀이 700구절 이상이고, 예수님의 비유 가운데 2/3를 돈에 관한 내용으로 할애하셨다. 성경은 왜 '돈'을 말씀하고 있는 것일까?

'돈'의 위험한 속성을 이해하라

무려 열 명의 사람을 죽이고 교도소에 복역 중이던 그는 십자가와 부활의 복음을 전해 듣고 예수님을 만나 새사람이 되었다. 이미 사형선고를 받은 그가 이제는 남은 생애를 하나님께 드리기로 마음을 먹고 만나는 사람마다 미친 사람처럼 전도했고, 또 자신의 모든 장기를 사후에 필요한 사람에게 기증하기로 서약을 하며 보장받은 내일이 없지만 최선을 다해 오늘을 살았다.

많은 사람을 살해한 사람은 누구이고, 또 많은 사람에게 자신의 장기를 기증하여 생명의 빛을 보게 할 이 사람은 누구일까? 결국은 한 사람이다.

마찬가지로 '돈' 그 자체는 선도 악도 아니다. 다만 사용하는 사람이 그것을 어떻게 사용하느냐에 따라 선하게도, 악하게도 쓰여 질 수 있는 것이다. 그래서 돈을 사용하는 사람은 주인을 대신한 청지기로서 돈을 올바르게 사용할 줄 알아야 한다. 열심히 일할 수 있는 정직한 기업을 통해 많은 돈을 벌어 하나님의 영광을 위하여 살아야 한다.

그러나 돈을 사랑하여 돈이 나를 끄는 대로 맡겼을 때 일만 악의 뿌리가 돋고 하나님을 멀리하게 된다. 재물이 주는 안락함과 쾌락을 좇아 세상 풍조를 따라 말씀의 과녁에서 벗어난 삶을 살아가게 된다. 또 부자의 많은 재물은 돈이 자신을 보호해 줄 것이라는 그릇된 생각의 견고한 성이 된다(잠 10:15).

인간이 얼마나 연약하고 간사한지 평상 시 돈이 없을 땐 위축되어 있다가도 예금통장에 돈이 조금만 쌓이게 되면 우쭐대고 방자히 행한다. 그래서 바눔(P. T. Barnum)은 "돈이란 훌륭한 노예이자 끔찍한 주인"이라고 말했다.

그리고 예수님은 마태복음 6장 24절에서 돈(재물)과 하나님 중에서 하나를 택하라고 말씀하신다. 두 주인을 겸하여 섬길 수 없음을 확실히 밝히신 것이다. 돈의 영향력은 지대하고 한 사람의 영혼마저도 지배하여 강제할 만큼 강하고 악한 영적 세력임을 예수님께서는 이미 알고 계셨기 때문이다.

'돈'은 하나님과의 관계에 큰 영향을 미친다

어떤 한 젊은 사람이 예수님께 다가와서 물었다.

"선생님, 제가 영원한 생명을 얻으려면, 무슨 선한 일을 해야 합니까?"

그러자 예수님께서 그에게 말씀하셨다.

"어찌하여 너는 나에게 선한 일을 묻느냐. 선한 분은 한 분이시다. 네가 생명에 들어가기를 원하면, 계명들을 지켜라."

그가 예수님께 물었다.

"어느 계명들을 지켜야 합니까?"

예수께서 대답하시기를,

"살인하지 말아라. 간음하지 말아라. 도둑질하지 말아라. 거짓 증언을 하지 말아라. 아버지와 어머니를 공경하여라. 그리고 네 이웃을 네 몸과 같이 사랑하여라."

그 젊은이가 예수님께 말했다.

"저는 이 모든 것을 다 지켰습니다. 아직도 무엇이 부족합니까?"

그러자 예수님께서 그에게 말씀하셨다.

"네가 완전한 사람이 되려고 하면, 가서 네 소유를 팔아서 가난한 사람에게 주어라. 그리하면 네가 하늘에서 보화를 차지하게 될 것이다. 그리고 와서 나를 따르라."

그 젊은이는 이 말씀을 듣고 근심을 하면서 떠나갔다. 그에게는 재산이 많았기 때문이다.

예수님께서 제자들에게 말씀하셨다.

"내가 진정으로 너희에게 말한다. 부자는 하늘나라에 들어가기가 어렵다. 내가 다시 너희에게 말하노니 부자가 하나님 나라에 들어가는 것보다 낙타가 바늘귀로 지나가는 것이 더 쉽다."

재물을 대하는 우리의 태도와 영적인 성숙도는 항상 비례한다.

자신의 지갑만은 통치와 간섭받기를 싫어한 채 영원한 생명을 얻고 싶었던 부자 청년을 향하여 예수님은 모으고 쌓아왔던 '재물'이 아니라 그의 중심에 자리 잡은 '재물을 사랑하는 마음'의 전환을 말씀하신 것이다.

속내를 좀처럼 드러내기 싫어하는 현 세대는 겉으로 보여 지는 관심을 통해 외적인 계명과 율법은 다 지켰음을 자랑하는 부자 청년처럼 얼마든지 하나님을 찬양하고 기도하며 사역에 열심을 내는 믿음을 과시할 수 있을 것이다. 하지만 마음속 깊은 곳, 양심에서 말하는 진정한 믿음은 세상의 욕심을 따라 '돈'을 예배하고 사랑한 사실을 숨기지 못한다.

관리해야 할 재물에 성실하지 못한다면, 하나님과의 관계에 있어서 큰 어려움을 겪게 되고 나를 향하여 계획하신 풍성한 인도를 받을 수 없다. 어쩌면 그분과의 친밀한 관계에서 누릴 수 있는 즐거움을 포기해야 한다. 그래서 하나님을 섬기며 부자가 된다는 것은 보통 어려운 일이 아니다. 자신의 모든 소유가 하나님께로부터 왔음을 인정하고 주변의 어려운 이웃과 가진 것을 나누며 더 가난하게 살기를 자청하는 부자는 굉장한 영성의 소유자가 아닐 수 없다.

목적을 위하여 살라

예루살렘은 해발 900m의 고지대인 반면, 여리고는 지중해보다도 300m 정도 낮은 저지대에 위치하고 있다. 그래서 약 27Km의 예루살렘과 여리고 길은 험준한 지형을 이용하여 행인들을 급습하는 강도들이 많았고 '피의 길'이라는 악명이 붙어 있기도 했다.

그런데 어느 날 한 여행자가 이 길을 지나가다가 불행하게도 도중에서 강도를 만나게 되었다. 예상대로 강도들은 그에게 무자비한 약탈과 구타를 가했으며 그는 입고 있던 옷마저 빼앗긴 채 상처 입은 맨몸으로 거의 죽어가고 있었다.

그때 마침 세 사람의 행인이 그 길을 지나가다가 차례로 이 강도만난 사람을 발견했으나 맨 나중에 그를 발견했던 사마리아 여행자만이 그를 도와주었을 뿐 먼저 그를 발견했던 제사장과 레위인은 그들이 특별한 성직에 종사하고 있음에도 불구하고 자신에게 미칠 손실이나 번거로움을 두려워한 나머지 그만 그를 피하여 갔다.

여기서 주님은 율법사를 향해 "누가 강도 만난 자의 이웃인가?"라는 의미심장한 질문을 던지신다. 그리고는 "가서 너도 이와 같이 하라"는 말씀을 하시며 이 세상에 보내신 자의 목적을 위하여 살 것을 교훈하신다.

선한 사마리아 사람은 아마 돈을 많이 가진 부자였던 것 같다. 강도 만난 자를 끝까지 보살필 수 있을 만큼의 여유가 있었던 것을 보면 짐작할 수 있다. 그리고 선한 이웃이 되기까지 그는 자신이 가진 재물을 움켜쥐고 있지 않았고 수단으로써의 돈이 어떻게 사용되어야 할지를 아는 사람이었다.

하나님께서는 그의 자녀들이 부유하고 행복하게 살기를 원하신다. 그래서 하나님께서는 우리의 재물을 다룰 줄 아는 은사와 노력 여하에 따라 필요를 채워주신다. 그러나 개인이 재물을 얼마만큼 소유했느냐 하는 것은 전적인 하나님의 주권이다.

기독교 역사상 많은 이들이 하나님께로부터 받은 재물을 통해 영성 있는 나눔을 실천하여 복음의 영향력을 끼친바 있다. 우리에게 허락하신 재물은 우리의 것이 아니고 위탁받은 것이다. 따라서 우리는 반드시 재물을 주신 분의 목적에 합당하게 쓸 줄 알아야 한다.

네 것도 내 것이다

어떤 사람은 부자에 대하여 정의하기를, "현재 소유하고 있는 재물을 늘리기 위해 더 이상 투자하거나 고민하지 않아도 되는 사람"이라고 했다.

그래서 대기업을 가진 재벌이나 수천억 원대의 비자금을 챙겼던 전직 대통령보다도 산중에서 면벽수도(面壁修道)하는 스님이 훨씬 더 부자라는 그의 주장도 설득력을 얻고 있는 듯하다.

문제는 누구나가 부자를 꿈꾸지만 모두가 부자가 될 수 없다는 데 있다. 한정된 재화는 누군가에게 반드시 상대적 박탈감 내지는 빈곤감을 느끼게 해 줄 수밖에 없기 때문이다. 그러나 '돈'으로부터 자유해지는 부자가 되면 빚의 속박이나 돈에 대한 염려와 불안이 없게 되고 평강 가운데 하나님의 인도하심을 받게 된다.

재물로부터 자유할 수 있는 비결은 무엇일까? 그것은 우리의 모든 소유권이 하나님께 있음을 인정하고 그분께 맡기는 삶을 사는 것이다. 여기에는 우리가 가진 돈뿐만 아니라 주택이나 자동차, 가족의 모든 것을 포함한다.

만약 우리가 소유권을 양도하지 못한다면 여전히 가진 재물들로부터

영향을 받게 되고 하나님의 다스림 밖에 거하게 되며 하나님의 뜻을 찾을 수 없게 된다.

동방의 의인이었던 욥은 그의 자녀들과 가진 모든 재물을 잃은 후에도 변함없이 주님을 찬양할 수 있었는데, 이는 그가 소유했던 모든 것이 주님의 것임을 깨닫고 있었기 때문이었다. 비슷한 예로 모세가 애굽 왕궁에서의 부귀영화를 버리고 하나님의 백성과의 고난을 선택할 수 있었던 것도 주님이 주인이심을 알았기 때문이었다.

하나님은 모든 것을 소유하신 분이시다.

"하늘과 모든 하늘의 하늘과 땅과 그 위의 만물은 본래 네 하나님 여호와께 속한 것이로되"(신 10:14)

"땅과 거기에 충만한 것과 세계와 그 가운데에 사는 자들은 다 여호와의 것이로다"(시 24:1)

주님은 모든 것의 창조주이시며 누구에게도 창조물에 대한 주권과 소유를 양도하지 않으셨다. 불행은 이 사실을 무시하는 데서 찾아온다. 만일 하나님께서 인정하시는 진정한 부자가 되기를 바란다면, 우리는 우리의 소유물에 대한 권리를 주님께 드려야 한다.

그래서 우리는 더 이상 주님께 "하나님, 당신은 내가 나의 돈으로 어떻게 하길 원하십니까?"라고 묻는 대신에 "주님, 내가 당신의 돈을 어떻게 쓰길 원하십니까?"라고 물어야 한다. 우리가 이러한 관점을 가질 때 소비와 저축에 대한 결정이 헌신과 영적인 선택으로 바뀔 수 있는 것이다.

그리고 돈을 잃어버린 것에 대하여 마음 상하고 누군가를 원망하며 고민할 필요도 없게 된다. 또 우리의 모든 소유권이 하나님께 있음을 인정하게 되면 어떤 빈궁한 삶 가운데서도 자족하게 되고 나에게 벌어진 이해 안 되는 불행한 사건들까지도 하나님의 궁극적인 선을 이루기 위하여 사용된다는 사실을 인정하게 된다.

"우리가 알거니와 하나님을 사랑하는 자 곧 그의 뜻대로 부르심을 입은 자들에게는 모든 것이 합력하여 선을 이루느니라"(롬 8:28)

주님은 내가 가진 모든 것이 하나님께로부터 왔음을 아는 자에게, 40년간 광야를 헤매는 이스라엘 백성들에게 만나를 공급하시고 예수님이 보리떡 다섯 개와 물고기 두 마리로 5,000명을 먹이신 것과 같이 우리의 필요를 공급해 주실 것을 약속하고 계신다.

"너희는 먼저 그의 나라와 그의 의를 구하라 그리하면 이 모든 것을 너희에게 더하시리라"(마 6:33)

이것은 자녀들의 필요를 충족시켜 주실 것이라는 완벽한 하나님의 약속이다.

하나님은 누구에게 '돈'을 맡기실까?

가정을 꾸리고 직업을 갖기 시작할 즈음에 이전보다 더 핼쑥해진 나의 모습에 속이 상하셨는지 부모님은 "옛말에 작은 부자는 부지런하면 누구나 될 수 있지만, 큰 부자는 하늘이 내린다. 그러니 너무 큰돈을 벌려고 욕심내지 말고 건강 챙기면서 살아라"는 말씀을 가끔 해주셨다.

하나님을 모르는 분들이셨지만 우리가 아무리 노력하고 또 시대를 잘 타고 태어나도 어찌할 수 없는 불가항력적인 섭리라는 법칙이 있다는 것을 아셨던 것 같다. 인간은 이것을 인정하지 않을 때 고통스러운 삶을 살게 된다. 스스로 이룩할 수 없는 한계상황에서 선택의 폭이 넓지 않기 때문이다.

많은 돈을 벌 수 있다는 것은 은사이자 뛰어난 능력이다. 역사 속 부자들을 연구해 보면 그들 나름대로의 타고난 감각과 자본의 흐름을 읽을 줄 아는 독특한 안목이 있었다. 그러나 이것만 가지고 큰 부자가 될 수는 없었다. 돈을 포함한 모든 것은 하나님의 주권 아래에 있고 주관적인 하나님의 사역인 것이다.

그렇다면 하나님은 누구에게 '돈'을 맡기실까?

1. 하나님의 마음에 합한 사람

옛날 어느 부잣집에서 지혜로운 며느리를 얻기 위해 주인은 한 가지 시험을 냈다. 그 시험은 쌀 한 말로 한 달 동안 생활해야 한다는 것이었는데, 그 부잣집 며느리가 되기 위해 많은 처녀들이 시험에 지원했지만 모두 탈락했다.

그러던 어느 날 한 처녀가 시험에 응시했고 그녀는 쌀 한 말을 방앗간에 맡겨 떡을 만들어 시장에 내다 팔았다. 그리고 그 떡을 판돈으로 다시 쌀을 사서 떡을 만들어 파는 것을 반복하여 날마다 배불리 먹었을 뿐만 아니라 많은 이익까지 남길 수 있었다.

이 처녀가 부잣집의 며느리로 들어 온 것은 너무나 당연한 일이었다. 출제자의 의도를 파악하고 꿰뚫고 있었던 이 처녀야말로 그 부잣집 주인이 며느리로 찾고 있었던 바로 그런 사람이었던 것이다.

이와 비슷한 이야기가 마태복음 25장에 나온다. 어느 날 주인은 멀리 여행을 떠나며 종들에게 각각 다섯 달란트, 두 달란트, 한 달란트씩을 맡겼다.

오랜 후에 주인이 돌아와 회계하며 받은 달란트를 잘 활용하여 많은 재산을 남긴 다섯 달란트 받은 종과 두 달란트 받은 종은 칭찬하고 그저 땅에 묻어 둔 한 달란트 받은 종은 책망한다.

여기서 발견할 수 있는 것은, 첫째는 달란트의 원천이 주인이었다는 것과 둘째는 주인의 맘(주권)대로 각각 종들에게 재물을 분배하여 관리하도록 맡겼다는 사실이다. 그리고 주인에 대하여 한 달란트 받았던 종은 심지 않은 데서 거두고 헤치지 않은 데서 모으는 줄 오해하며 오로지 자신의 이기적인 본성으로 판단하였다는 것을 알 수 있다.

만약 한 달란트 받았던 그 종이 주인에 대하여 정확하게 인지하고 있었다면 다른 종들과 같이 주인의 뜻을 헤아려 이득을 남겨주었어야 했다.

이는 하나님의 마음에 합당하게 사는 것을 의미한다. 누가 얼마의 달란트를 받았느냐가 고려의 대상이 아니라, 이미 받은 그리고 앞으로 받게 될 재물을 어떻게 사용해야 하는지를 고민해야 한다는 뜻이다.

돈의 원천을 알고 있는 아브라함의 믿음을 성경은 다음과 같이 소개하고 있다.

"소돔 왕이 아브람에게 이르되 사람은 내게 보내고 물품은 네가 가지라 아브람이 소돔 왕에게 이르되 천지의 주재이시요 지극히 높으신 하나님 여호와께 내가 손을 들어 맹세하노니 네 말이 내가 아브람으로 치부하게 하였다 할까 하여 네게 속한 것은 실 한 오라기나 들메끈 한 가닥도 내가 가지지 아니하리라 오직 젊은이들이 먹은 것과 나와 동행한 아넬과 에스골과 마므레의 분깃을 제할지니 그들이 그 분깃을 가질 것이니라"(창 14:21~24)

창세기 14장은 소돔에서 빼앗겼던 조카 롯과 함께 잃어버렸던 재물을 모두 되찾아오는 장면을 묘사하고 있다. 이때 소돔 왕은 아브라함이 되찾은 재물을 취할 것을 제안한다. 그러나 아브라함은 이것 때문에 자신이 부자가 되었다고 말할 수 없도록(참고 : 표준새번역) 일언지하에 거절한다. 심지어 실오라기 하나라도 취하지 않겠다고 약속한다.

적어도 아브라함은 하나님이 어떤 분이신지, 그리고 하나님을 신뢰하는 믿음이 어떠한 결과를 가져 올지를 너무나 잘 알고 있는 사람이었다. 즉, 하나님의 마음에 합한 사람이었던 것이다.

2. 하나님의 시험(Test)을 통과한 사람

욥은 거짓말을 하거나 다른 사람을 속인 적이 없었고, 그의 종들에게 정당하게 대우하며 가난한 자의 소원을 들어주는 정직한 양심이 있는 사람이었다.

또 그는 돈을 신뢰하거나 재산이 많다고 기뻐하지도 않았고 모든 손님들에게는 최선을 다해 대접하며 그 누구보다도 하나님을 경외하는 삶을 살고 있었다.

그런데 그는 어느 날 영문도 모른 채 그의 소중한 가족과 재산, 건강마저 모두 잃게 되는 비참한 신세를 맞이해야 했다. 그러나 그럼에도 불구하고 욥의 하나님을 향한 신앙은 변치 않았고 오히려 정금같이 더욱 단단해졌다.

이처럼 의지와 신뢰할 대상을 하나님께로 향했던 욥은 하나님께 대한 믿음의 시험이 끝난 후 동방의 제일가는 부자가 되는 복을 받았다.

아브라함의 증손자이자 이삭의 손자이며 야곱의 아들이었기 때문에 대대로 부자 집안에서 자란 요셉도 하나님께서 보여주신 꿈으로 인해 이집트 관리였던 보디발의 집 노예로 은 20세겔에 팔려가 왕 다음가는 국무총리가 되기까지 수많은 어려움과 유혹과 고통의 세월을 인내해야만 했다.

자신의 꿈이 현실이 되기까지 요셉은 현실과 타협하거나 굴하지 않고 믿음으로 열심히 일하여 결국 하나님께 쓰임 받을 수 있었다.

그리고 때로는 재정적인 어려움을 통해 하나님은 우리를 시험하신다.

서점을 경영하다가 맨소래담(Mentholathum)을 만들어 거부가 된 미국의 하이드(Albert-Alexander Hyde)라는 사람이 있다. 그는 사업을 시작한지 얼마 지나지 않은 1887년, 밀어닥친 경제공황으로 그의 사업은 부도가 나 10만 달러의 빚을 지고 도산지경에 이르렀다.

그러나 그는 실망하지 않고 오히려 가족의 보금자리인 집을 팔아 이미 YMCA에 기부하기로 약속했던 기부금을 내고 10만 불을 십일조로 하나님께 드렸다. 그때 사람들은 그를 비웃으며 정신 나간 사람 취급을 했다.

그는 사람들에게 진 빚보다도 하나님과의 금전적인 투명한 관계를 더 원했었다. 단순히 그가 "믿음으로 십일조를 드렸다"가 아니라 자신의 가치의 우선순위가 재물이 아니고 하나님께 있음을 십일조를 통해 증명해 보인 것이다. 그는 결국 믿음의 시험을 통과한 1889년에 맨소래담 회사를 창립하여 세계적인 회사로 발전시켰다.

3. 열심히 일하는 사람

크리스천이 되어서도 노력하지 않고 얻을 수 있는 불로소득을 기대하고 복권을 사거나 불법 다단계 유통 일을 하는 사람들이 있다. 이들은 작열하는 태양빛 아래서 흘리는 땀을 비웃고 무시하며 쉽게 쉽게 일만금을 벌어보겠다는 철면피다. 더욱 안타까운 것은 그 가운데서 하나님의 은혜의 처분을 기다린다는 것이다.

또 나의 스타일(Style)과 비전(Vision)을 운운하며 직장을 1년에도 수차 례씩 옮겨 다니며 사회와 기업에 경제적 피해를 주는 크리스천도 많다. 이들은 교회에서 보여 준 그 신실한 영성이 직장이라는 벽을 뛰어 넘지 못하고 도리어 어렵고 힘든 현실 앞에 자조적인 넋두리와 푸념으로 이율배반적이고 무능력한 삶을 산다.

그러나 하나님은 죄가 인류 안에 들어오기 전부터 일할 것을 말씀하셨다.

"여호와 하나님이 그 사람을 이끌어 에덴 동산에 두어 그것을 경작하며 지키게 하시고"(창 2:15)

아브라함의 부를 물려받은 이삭도 노력하여 더 큰 부자가 되었다.

"이삭이 그 땅에서 농사하여 그 해에 백배나 얻었고"(창 26:12)

유다의 여호사밧과 히스기야 왕도 여호와의 말씀을 성실히 준행하여 부귀와 영광이 극에 달했었다.

바울 사도도 "누구에게서든지 음식을 값없이 먹지 않고 오직 수고하고 애써 주야로 일함은 너희 아무에게도 폐를 끼치지 아니하려 함이니"(살후 3:8)라고 기록하며 열심히 수고하여 일할 것을 권면하고 있다. 그리고 더 나아가 10절에서는 일할 수 있는 능력을 갖고 있음에도 일하지 않고 있는 사람들을 향해 "일하기 싫거든 먹지도 말라"고 일침을 가한다.

게으르지 않고 열심히 일하는 사람을 통해 하나님은 일하기를 기뻐하신다.

그리고 성경은 일할 수 있는 직업의 종류를 나열하고 우열을 가려 선택하라고 말씀하지 않는다. 모든 정직한 직업은 존엄성을 가지고 있고 하나님 앞에서 소중한 것이다. 그래서 "무슨 일을 하느냐"라기 보다는 "어떤 마음으로 하느냐"가 중요하다.

[재물을 대하는 태도에 대한 자기 평가]

구분	항 목	자기평가 Yes	No
1	십일조는 생각날 때 가끔 한다.		
2	신용카드 대금을 연체한 적이 있다.		
3	정기적으로 '로또'를 구입하고 있다.		
4	남보다 빨리 성공하고 싶은 마음 때문에 불안하다.		
5	스스로 생각하기에 게으른 생활을 하고 있는 것 같다.		
6	현재의 생활에 만족이 없다.		
7	다른 사람과 비교해 늘 부족하다고 생각한다.		
8	나는 '돈'에 대한 욕심이 많다.		
9	나에게는 가정보다 사업이나 직장 일이 우선이다.		
10	'돈' 문제로 다른 사람과의 관계에 금이 간적이 있다.		
11	빚은 꼭 갚지 않아도 된다고 생각한다.		
12	내가 모은 재산을 잘 지키기 위해 늘 고민한다.		
13	'돈' 문제로 배우자와 자주 다툰 적이 있다.		
14	나는 반드시 내 힘으로 큰돈을 벌 수 있으리라 확신한다.		
15	투자한 주식 수익률이 떨어졌을 때 걱정되고 화가 난다.		

※ 합계 점수가 No의 10점 이상이면 하나님께서 맡겨주신 청지기로서의 역할을 잘 이해하고 있다고 볼 수 있다.

2장

정직의 원리

깨끗한 부자로 살다

"한결같지 않은 저울추는 여호와께서 미워하시는 것이요
속이는 저울은 좋지 못한 것이니라"(잠 20:23)

"거짓 입술은 여호와께 미움을 받아도
진실하게 행하는 자는 그의 기뻐하심을 받느니라"(잠 12:22)

"너희는 도둑질하지 말며 속이지 말며 서로 거짓말하지 말며"(레 19:11)

"지극히 작은 것에 충성된 자는 큰 것에도 충성되고
지극히 작은 것에 불의한 자는 큰 것에도 불의하니라"(눅 16:10)

"쉽게 얻은 재산은 줄어드나, 손수 모은 재산은 늘어난다"(잠 13:11, 표준새번역)

정직의 원리 _ 깨끗한 부자로 살다

크리스천이기 때문에 정직해야

예수 그리스도를 인생의 주인으로 모신 사람을 크리스천이라고 부른다. 그런데 돈은 크리스천에게 다가와 예수 그리스도와 더불어 똑같이 주인으로 섬겨줄 것을 여러 가지 쾌락과 고통의 상황 속에서 자신을 과시하며 제안을 한다. 그러나 예수님께서는 한 사람이 두 주인을 겸하여 섬길 수 없다고 말씀하셨다.

"한 사람이 두 주인을 섬기지 못할 것이니 혹 이를 미워하고 저를 사랑하거나 혹 이를 중히 여기고 저를 경히 여김이라 너희가 하나님과 재물을 겸하여 섬기지 못하느니라"(마 6:24)

하나님을 사랑하는 크리스천은 두 주인을 섬길 수 없다. 재물이 주는 이익이 아무리 좋고 유용해 보여도 하나님을 위하여 과감하게 포기해야 한다.

돈을 아주 잘 버는 치과의사가 있었다. 개원한 지 1년이 채 안 됐지만 주체할 수 없을 만큼 환자들이 몰려 왔다. 그는 선교단체에서 수년 동안 훈련을 잘 받아서인지 해박한 성경지식을 가지고 있었고, 교회에서 주일학교 교사와 성가대원으로 열심히 봉사하고 있는 안수집사였다. 모두에게 인정과 존경을 받고 있는 신실한 크리스천의 모습 그 자체였다.

그런데 종합소득세 신고를 준비하면서 그에게 마음에 고민이 생겼다. 내야 할 세금이 지나치게 많다고 생각됐던 것이다. 하나님께 드리는 예물이나 가난한 이웃을 위하는 일에는 기쁜 마음으로 돈을 쓸 수 있겠지만, 왠지 많은 돈을 세금으로 내자니 너무 아깝다는 생각이 들었다.

그래서 그는 잘 아는 세무사를 찾아가 장부를 부탁하며 매출을 줄여 신고해 줄 것을 요청했다. 매출을 작게 신고하고 비용을 부풀려 세금을 조금만 내고자 하는 계산이었다.

이것은 마치 "하나님, 당신이 나의 전부이시고 내 삶의 주인이십니다. 나를 다스려 주소서"라고 말하지만, 실제로 우리의 지갑은 세례수에 담그지 않은 채 고백하는 십자군과 똑같다.

12세기 십자군 전쟁에 참가했던 용병들은 전쟁에 나가기 전에 세례를 받아야 했는데, 이때 그들의 칼은 세례수에 닿지 않게 하고 세례를 받은 일이 있었다. 이것은 그들의 칼만큼은 하나님의 통치와 간섭을 받지 않고 마음껏 휘두르기를 원했기 때문이다.

하나님께서는 우리에게 모든 영역에서의 절대적인 정직을 요구하신다. 오늘날 많은 사람은 정직의 기준을 상황에 의한 자기 합리화로 수위를 조절하며 부적절한 결정을 내리며 살아간다.

또 다수의 주변 사람들이 부정직하게 행하는데도 반복성(Repetition)과 규모성(Volume), 기간성(Longevity)을 갖춘 잘못된 사회 통념에 속아서 마치 정직하게 행한 것처럼 자기 안위를 삼는다.

이것은 왕이 없으므로 사람마다 자기 소견에 옳은 대로 행했던 이스라엘 백성들과 다를 바 없다. 그러나 하나님께서는 그런 사람들에 대해 잠언 20장 23절에서 "한결같지 않은 저울추는 여호와께서 미워하시는 것이요"라고 말씀하고 있다.

정직은 믿음의 문제이다. 정직한 결정이 우리가 살아가는 환경에서는 때로 우매하게 보일지 모르지만, 이것은 하나님을 향한 우리의 믿음을 더욱 견고하게 해 준다.

편의점 계산대에서 더 많은 거스름돈을 받았을 때 정직하게 얘기하고 돈을 돌려주거나 매출을 제대로 신고해 다른 사람들보다 더 많은 세금을 낸 금전적인 손해를 보는 것은 하나님을 향한 우리의 믿음이 정직이라는 행위로 나타나는 것이다.

그래서 하나님을 사랑하는 크리스천이 두 주인을 섬길 수 없듯이 믿음이 없는 사람은 결코 정직할 수가 없다.

복 받는 사람은 따로 있다

평소 알고 지내던 어느 집사님을 뜻하지 않게 지하철에서 만나 간증을 들은 적이 있었다.

어느 날 그분의 아들이 음주 상태에서 친구의 차를 운전하다 사고를 냈고 많은 피해자들이 발생했는데, 음주운전을 했다는 것이 드러날까 두려워 친구가 그 차를 운전한 것처럼 경찰과 보험회사에 신고했고 다행히 하나님의 은혜로 사건이 잘 마무리됐다는 기가 막힌 간증이었다. 그러면서 기도에 응답해 주시는 신실하신 하나님을 찬양한다는 것이었다.

모든 일이 형통하고 바라는 대로 다 이루어지면 그것을 하나님의 복이라고 생각한다. 그러나 하나님의 말씀과 속한 공동체에서 정한 법을 따르지 않고 이를 어겨가며 얻은 이익이나 형통은 더 이상 복이 아니다. 왜냐하면 하나님은 그의 자녀들이 정직을 복의 통로로 사용하기를 원하시기 때문이다. "이는 너희가 흠이 없고 순전하여 어그러지고 거스르는 세대 가운데서 하나님의 흠 없는 자녀로 세상에서 그들 가운데 빛들로 나타내며"(빌 2:15) 그러므로 약속을 지키지 않고 속이며 뒷거래를 부추기는 크리스천은 하나님의 살아계심을 부정하고 역사를 제한하는 것이다.

주변에서 사업이 잘 되거나 큰 권력을 획득한 사람을 가리켜 과정이야 어찌 됐든 사람들은 복 받은 사람이라고 말한다. 그러나 하나님께 많은 복을 받은 삶을 살았던 사람들을 보면 정직한 것 때문에 오히려 더 힘들고 손해 보며 피곤하고 어려운 일을 겪게 되는 때가 있었다.

성경에서 요셉의 경우가 그렇다. 그러나 요셉은 이에 굴하지 않고 묵묵히 하나님께서 주신 꿈을 이루어 갔다.

복은 가끔 고통이라는 이름으로 접근하여 우리를 시험한다. 과연 복을 받을 만한 자격이 있는 지 혹은 준비가 되었는지 성품을 테스트 한다.

마음으로는 죄를 거부했지만 먹고 살기 위해 소돔성 안에 들어가 그곳 사람들과 섞여 그들과 맞춰가며 살았던 롯은 하마터면 소돔 사람들과 함께 유황불 속에서 죽을 뻔 했다.

말씀을 거스르는 세상과의 타협은 자기 합리화이지 그곳에는 절대 하나님의 복이 임하지 않는다. 그럼에도 일이 잘되고 있다면 어긋난 하나님의 축복에 대해서 심각하게 고민해 보아야 한다.

우리는 하나님의 이름으로 모여 오류를 범하는 경우가 종종 있다. 전교인 성경퀴즈대회에서 계속 문제를 못 맞히자 "이렇게 짜고 치는 고스톱이 어디 있냐"며 항의하던 어느 권사님, 이웃교회끼리 친선으로 축구시합을 하다가 오프사이드 판정을 놓고 서로 얼굴을 붉히는 청년들, 자동차 스피드광임을 뽐내는 교회의 어느 형제가 고속도로 어디 어디에 스피드건(과속 단속기)이 있고, 시내 어느 곳의 교차로에서 단속카메라를 피해 빨리 달리 수 있는지 자랑스럽게 강의했다던 이야기, 교회의 행사 현수막과 포스터를 어떻게 하면 동사무소나 구청직원들의 눈을 피해 단속받지 않는 좋은 위치에 지혜롭게 불법으로 부착할 수 있는지 하는 이야기, 하나님을 찬양한다며 찬양집 악보나 음악 동영상 파일을 복제하여 무단으로 사용하는 일 등은 선량한 양심을 가진 이웃에게 피해를 주는 죄로서 문화적 가치의 혼돈과 참된 예배를 잃어버린 이 세대의 아픈 참상이다.

하나님을 알고 그분을 참으로 예배하는 이들은 그럴 수 없는 것이다.

"들으라 부한 자들아 너희에게 임할 고생으로 말미암아 울고 통곡하라 너희 재물은 썩었고 너희 옷은 좀먹었으며 너희 금과 은은 녹이 슬었으니 이 녹이 너희에게 증거가 되며 불 같이 너희 살을 먹으리라 너희가 말세에 재물을 쌓았도다 보라 너희 밭에서 추수한 품꾼에게 주지 아니한 삯이 소리 지르며 그 추수한 자의 우는 소리가 만군의 주의 귀에 들렸느니라 너희가 땅에서 사치하고 방종하여 살육의 날에 너희 마음을 살찌게 하였도다"(약 5:1~5)

'돈' 앞에서 어떻게 정직할 수 있을까?

3.5%의 소금농도로 바닷물은 짠 맛을 잃지 않고 허드슨 테일러(Hudson Taylor)라는 한 사람으로 인해 수많은 중국 사람이 하나님 앞에 돌아왔는데, 길 가는 네 명 중 하나가 크리스천인 우리나라는 매 번 실시하는 부패지수나 청렴도 평가에서 꼴찌를 면치 못하고 있다.

'돈' 때문에 자녀가 부모를 속이고 부모는 자녀를 속인다. 종업원은 기업을 속이고 기업은 나라를 속인다. '돈' 앞에서 장사 없다는 말로 이미 엎질러 진 물을 수습하려 하지만, 하나님 앞에서 다시 주워 담을 수는 없는 노릇이다.

대상이 누구이건 간에 부정직은 그것이 아무리 사소하고 작은 것이라 할지라도 죄이다. 그렇기 때문에 주님과의 관계를 방해하고 더 나아가 단절시키는 결과를 초래한다. 그래서 우리는 '하얀 거짓말' 조차도 경계해야 한다.

그렇다면 우리는 '돈'의 유혹 앞에서 어떻게 정직할 수 있을까?

첫째, 하나님을 진심으로 경외하는 마음을 가져야 한다.

"여호와를 경외함으로 말미암아 악에서 떠나게 되느니라"(잠 16:6)

어느 기관에서 빈곤가정을 돕기 위한 바자회 때 있었던 한 자매의 이야기를 소개한다.

그날 물건 판매를 시작하자마자 문전성시, 발 디딜 틈이 없었고 좋은 제품을 먼저 사려는 사람들로 붐벼 어디가 물건을 사기 위해 선 줄인지, 계산대인지 분간할 수 없었을 뿐더러 큰 앰프소리 때문에 모두가 어리둥절해 있는 것 같았다.

그런데 한쪽 모퉁이에서는 4,50대쯤 되어 보이는 주부들이 아무도 주의와 관심을 주지 않은 틈에 물건 값도 안 치르고 그냥 물건을 가지고 가고 있었다.

이 광경을 목격하고 사고 싶은 옷을 골라 계산하기 위해 줄을 서서 기다리는데, 갑자기 '이번 달부터 인상된 아이들 학원비를 어떻게 마련할까' 하는 생각과, '계산하지 않고 옷을 그냥 가져가는 저 사람들도 있는데 나만 꼭 돈을 내야하나' 하는 생각이 밀물처럼 몰려왔다. 그래서 그만 자기도 모르게 물건을 잔뜩 차에 싣고는 집에 돌아와 버렸다.

그러나 막상 집에 들어온 순간부터 성령께서 계속해서 생각 속에 부담을 주시는 것이었다. 정직하지 못한 자신의 행동에 하나님 앞에서 두려운 마음은 그녀를 더 이상 도저히 참을 수 없게 만들었고 그 자매는 다시 그 바자회 장으로 돌아갔다. 물건 값을 정확하게 지불하고서야 비로소 다시 집에 돌아와 마음에 평안을 얻을 수 있었다. 이것이 바로 하나님을 경외하는 마음에서 나오는 정직이다.

빌립보서 1장 27절에서 바울은 빌립보 교인들에게 "복음에 합당하게 생활하라"고 강조하고 있다. 당시 로마의 식민지였던 빌립보라는 지역은 정치, 경제, 군사적으로 매우 중요한 위치에 있었다.

그래서 로마 황제는 이곳 빌립보 사람들에게 이탈리아 본토 사람과 동일한 지위와 특권을 허락했고, 이로 말미암아 빌립보인들의 자부심은 그 어느 로마인들보다 더 대단했다.

이러한 그들의 긍지와 자부심을 바울은 너무나 잘 알고 있었다. 그래서 로마 시민보다 더욱 영광스러운 하늘에 속한 시민임을 알려주길 원했고 그에 합당한 삶을 살기를 원했던 것이다.

하늘에 속한 사람은 하나님을 경외하는 사람이다. 이런 사람은 일하는 회사에 더 많은 비용을 청구하기 위해 주유소에서 실제 넣은 기름만큼 보다 더 많은 액수의 영수증을 요구하지 않는다. 또한 부동산 투기나 자녀의 교육을 위해 위장전입하지도 않을 뿐 아니라 차명계좌를 이용해 내야 할 세금을 탈세하지 않으며, 근무하지도 않는 회사에 배우자의 이름을 올려놓고 이중으로 급여를 수령해 가지도 않는다.

하나님을 경외한다는 것은 사랑하여 두려워하는 마음이고 그 놀라움과 거룩함으로 인해 나의 삶을 드리는 순종이다. 그리고 이 경외감은 그 사회 속에서 은연중 합의된 것처럼 포장된 잘못된 행동규범 앞에서도 자신 있게 진실을 말할 줄 아는 용기이다.

둘째, 자기의 소유를 나누고 베푸는 일을 즐겨 하라.

예수님께서 여리고에 들어가실 때 세리장이며 부자였던 삭개오라는 사람을 만나셨다. 세금징수원의 책임자였던 그를 가리켜 많은 사람이 죄인이라고 수군거렸던 것을 보면 아마도 그는 당시 로마 치하의 경제구조 하에서 남의 것을 속여 부자가 되었던 것 같다.

그런데 삭개오가 주님께 뜻밖의 선언을 한다. 그것은 자기 재산의 절반을 가난한 사람들에게 나눠주고 남의 것을 속여 얻은 것이 있으면 4배로 갚겠다는 것이었다. 그 즉시 예수님은 삭개오에게 구원을 선포하신다.

소유를 열어 나눈다는 것은 보통의 믿음 이상이다. 가치의 전도(顚倒)가 일어나지 않는 이상 도저히 불가능한 일이다. 비록 가진 것이 많지 않아도 사랑하는 마음으로 다른 사람에게 베풀고 꾸어주면 하나님의 마음을 알게 된다.

더 소중한 것을 지키기 위하여 덜 소중한 것을 포기할 때 돈을 사랑하여 욕심내고 갖고 싶은 탐심의 유혹으로부터 출발하는 동기를 줄여줄 수 있다.

"도둑질하는 자는 다시 도둑질하지 말고 돌이켜 가난한 자에게 구제할 수 있도록 자기 손으로 수고하여 선한 일을 하라"(엡 4:28)

셋째, 정직한 사람들을 늘 가까이 하라.

춘추전국시대 제나라의 선왕은 순우곤에게 각 지방에 흩어져 있는 인재를 찾아 등용하도록 하였다. 며칠 뒤에 순우곤이 일곱 명의 인재를 데리고 왕 앞에 나타나자 선왕이 이렇게 말하였다. "귀한 인재를 한 번에 일곱 명씩이나 데려 오다니, 너무 많지 않은가?" 그러자 순우곤은 자신만만한 표정으로 "같은 종의 새가 무리지어 살듯, 인재도 끼리끼리 모입니다"라고 대답했다. 이것이 유유상종의 유래이다.

같은 생각을 하고 같은 행동을 하는 무리끼리 항상 모인다는 뜻이다. 말이 많은 사람의 주변에는 항상 남의 말 하기 좋아하는 사람들로, 진실하지 못한 사람의 주변에는 항상 거짓말 하는 사람들로 북적인다.

하나님은 정직한 자를 들어 사용하신다. 이 세상에서도 복을 주시고 다른 사람을 위한 복의 통로로 범사를 인정해 주신다.

"내 눈이 이 땅의 충성된 자를 살펴 나와 함께 살게 하리니 완전한 길에 행하는 자가 나를 따르리로다 거짓을 행하는 자는 내 집 안에 거주하지 못하며 거짓말하는 자는 내 목전에 서지 못하리로다"(시 101:6~7)

정직한 사람들을 늘 가까이 하면 죄를 지을 가능성이 현저히 떨어진다.

마지막으로, 자족하는 삶을 실천하고 이 땅에서의 삶이 끝이 아님을 늘 자각하며 살아야 한다. 많은 경우에 있어서 부정직은 끝없는 탐욕에서 비롯될 때가 있기 때문이다.

'돈'에 관하여 하나님의 말씀대로 순종하고 정직하게 행해야겠다는 생각을 늘 갖고 있어도 지극히 작은 부분까지 삶 속에 적용하기란 우리에게 희생이 뒤따르는 큰 용기와 결단이 필요하다.

"그러나 자족하는 마음이 있으면 경건은 큰 이익이 되느니라"(딤전 6:6)

"내가 궁핍하므로 말하는 것이 아니니라 어떠한 형편에든지 나는 자족하기를 배웠노니"(빌 4:11)

3장

흘림의 원리

부유함을 흘려보내다

"스스로 부한 체하여도 아무 것도 없는 자가 있고
스스로 가난한 체하여도 재물이 많은 자가 있느니라"(잠 13:7)

"흩어 구제하여도 더욱 부하게 되는 일이 있나니 과도히 아껴도 가난하게 될 뿐이니라
구제를 좋아하는 자는 풍족하여질 것이요
남을 윤택하게 하는 자는 자기도 윤택하여지리라"(잠 11:24~25)

흘림의 원리 _ 부유함을 흘려보내다

지출은 선택의 문제

BC 3세기에 자국을 보호하기 위한 동일한 목적으로 중국은 5,400Km의 만리장성을 쌓았고, 로마에서는 무려 150,000Km에 이르는 거미줄 같은 도로를 닦는 대규모 토목공사를 벌였다. 이후 중국의 성은 무너져 갔지만, 로마의 길은 문화와 문명의 인터넷이 되었다.

이것은 목적이 같았지만 명분을 위한 선택이 전혀 다를 수 있음을 보여주는 좋은 예이다.

하나님께서도 구원하기로 예정한 당신의 백성들을 창세전에 선택하셨고(엡 1:4), 또한 하나님의 기뻐하시는 일을 선택하는 사람들에게는 영영한 이름을 주겠다고 약속하셨다(사 56:4~5).

우리는 태어나서(Birth) 죽기까지(Death) 끊임없이 선택하며(Choice)

살아간다. 재정적인 문제, 즉 지출에 있어서 더욱 그러하다.

어렸을 때 학교 앞 문방구에는 먹고 싶고, 갖고 싶은 온갖 물건들이 즐비하게 널려있었고 어렵사리 용돈을 조금씩 모아 돈을 들고 문방구에 들어서면 무엇을 사야할지 선택한다는 것은 항상 고민이었다. 주머니 속의 돈보다 갖고 싶은 물건의 가격은 늘 비쌌고 모든 돈을 털어 이것을 사고 나면 얼마 동안은 궁색하게 지내거나, 아니면 덜 중요한 곳에 돈을 써 버린 사실이 발각돼 아버지로 하여금 매를 들게 할지도 모른다는 불안과 걱정이 앞섰기 때문이다.

이제는 시간이 흘러 두 아이의 아빠가 되어 그때와는 또 다른 여러 가지 선택의 기로에서 많은 고민을 하고 있다. 한정된 수입으로 늘어만 가는 지출을 통제하고 미래를 준비하기 위해 허리띠를 졸라매야 하는 상황에서의 경제적인 선택이 바로 그것이다.

경제적 선택에는 시간의 선택과 비용의 선택이 있다

아이들은 방과 후 주어진 시간에 놀이터에서 친구와 놀거나 컴퓨터 게임을 하거나 혹은 집에서 좋은 책을 읽을 수도 있다. 시간을 선택하는 문제인 것이다.

자신이 시간을 어떻게 선택하느냐에 따라 부과된 책임에서 벗어나기도 하고 경제적 큰 이익을 얻게 되기도 한다. 만약 아이들이 시간을 모두 놀기에만 사용해 버린다면 장차 그 아이에게 어떤 결과를 가져올지 불을 보듯 뻔하다.

일할 수 있는 시간에 열심히 일을 함으로서 경제적 보상을 그 시간을 선택한 대가로 받을 수도 있고 그렇지 않을 수도 있다.

시간의 선택은 구매시기의 선택이라 할 수 있다

잠언 21장 5절에서는 "부지런한 자의 경영은 풍부함에 이를 것이나 조급한 자는 궁핍함에 이를 따름이니라"고 말씀하신다.

성경은 왜 부지런함과 게으름이 아닌 조급한 행동을 풍부함과 궁핍함이라는 결과의 원인으로 대비시켜 놓았을까? 아마도 일에 대한 조급함이 게으름보다 더 빈궁을 앞당길 위험을 지적하고 싶었던 것 같다.

여기에서 조급한 자란 마치 쫓기는 자처럼 급하게 무슨 일을 서두르거나 해결하려고 하는 사람을 일컫는다. 특히 지출에 있어서 조급한 자는 인내하거나 기다려 주는 것이 자존심이 상하는 일인양 어려워한다. 또한 다른 사람이 소유하거나 경험하기 이전에 최신의 제품을 먼저 사용할 수 있어야 성이 풀린다. 그래서 그들은 빚을 얻어서라도 넓은 평수의 아파트에 살며 고급 승용차를 타고 자녀에게 고가의 최신형 엠피4 플레이어(MP4 Player)를 선물한다.

이를 잘 표현하고 있는 신조어 중에 '얼리 어댑터(Early Adapter)' 라는 말이 있다. 이 말은 새로 출시된 제품을 다른 사람보다 먼저 구매하여 사용하는 사람을 가리키는 말이다.

그러나 이와 같은 얼리 어댑터는 물건을 구매하는 시기를 늦추며 제품가격이 떨어지길 기다렸다가 자신의 형편에 맞게 물건을 사는 소비자 개념의 '레이트 어댑터(Late Adapter)' 에 비해 가계에서 지출하는 금액 비중이 상대적으로 많을 수밖에 없다.

실제로 A전자의 50인치 PDP TV가 2004년 10월에는 680만 원대 이던 것이 2008년에는 140만 원 선에 팔리고 있고, 2007년에 130만 원은 줘야 살 수 있었던 DSLR 카메라 제품은 약 1년 만에 70만 원대까지 가격이 떨어졌다.

휴대전화를 만드는 국내의 한 제조회사 영업 전략에서도 신형 휴대전화를 전국에 진열하는데 약 3개월이 걸리고 이후 6개월쯤 지나 판매량이 꼭짓점에 달하는 순간부터는 가격을 정책적으로 인하하는 것으로 알려져 있다.

단지 구매 시기를 조금만 뒤로 미루는 경제적 선택을 하는 것만으로 시장에서 이미 검증된 결함이 없는 좋은 제품을 저렴한 값에 구입할 수 있게 된다.

[구매시기와 관련한 소비자의 특성 비교]

구분	Early Adapter	Late Adapter
연령	10대~20대 초반 남성	20대~40대 후반
특성	소비에 적극적, 호기심이 왕성	지출에 대한 관리
태도	적극적	제한된 집중력
만족	제품의 구매와 사용경험	실용적 즐거움
요구	고기능, 기술적 완벽함	캐주얼, 일상적 사용성과 즐거움

참고 : LG경제연구원

경제적인 선택을 할 때 비용을 선택해야 한다

똑같은 물건이라면 조금이라도 값이 싼 것을 선택해야 한다는 것이다.

한 언론사에서 대형마트와 재래시장 물건의 값을 비교한 결과 장보기가 조금 불편하고 세련되지 못한 포장 진열의 재래시장이 비용을 더 많이 줄일 수 있었다.

더욱이 제품을 묶음으로 살 수밖에 없는 대형마트에 비해 낱개로도 살 수 있는 재래시장에서 물건을 구매한 소비자가 가정에서 낭비하는 일이 더 없었다.

[대형마트와 재래시장의 가격 비교]

품목	재래시장	A마트	B마트
오이	400	580	520
무	500	1,980	1,000
호박	1,000	980	1,300
양배추	2,000	4,310	2,980
삼겹살(100g)	550	1,280	1,300
호주산 쇠고기(100g)	1,250	1,500	1,250

(단위: 원)

그러나 단순조건으로 가치를 비교할 수 없는 일이 있다. 무조건 값이 싸다고 경제적 선택을 할 수 없다는 말이다. 서울에서 부산을 가는데 비싼 통행료를 주고 고속도로를 이용하여 시간을 아낄 것인지, 아니면 조금 더디 가더라도 국도를 이용할 것인지 하는 문제는 기회비용의 권역이다.

기회비용(Opportunity Cost)이란 어떠한 경제적 행위로 인해 포기하거나 혹은 선택이 잘못되어 얻게 된 손해에 상응하는 비용을 지불해야 하는 가치를 말한다.

예를 들어, 은행에서 돈을 차입하여 이자를 지불하면서 대형마트 사업을 하기로 결정한다면 그 기회비용은 은행이자와 건축자금을 이용해 행할 수 있었던 다른 사업을 의미할 것이다. 또 고가의 스포츠카를 구입한 것에 대한 기회비용은 소형차나, 아니면 대중교통 수단을 이용하며 매년 지불해야 하는 무거운 세금과 자동차 유지비, 그리고 가파르게 떨어지는 차의 감가상각비를 아낄 수 있는 금액의 합이 될 것이다.

이와 같이 어떤 사업에 돈을 투자하거나 제품을 살 때 많은 고민을 하게 되는데 이것은 기회비용을 생각하게 되기 때문이다. 그래서 때때로 경제적인 선택을 잘했다는 것은 다른 말로 말하면 기회비용을 최소화시켜 자신의 선택이 합리적이고 현명한 지출로 이어졌다는 것을 뜻한다. 그러므로 지출을 함에 있어 나의 경제적 이익을 생각하고 후회하지 않는 의사결정을 할 수 있어야 한다.

헌금, 어떻게 할까?

수입 중에서 지출해야 할 최우선 항목으로 하나님께 드리는 십일조와 헌금을 말하면 많은 사람은 과연 얼마를 드려야 하는지를 놓고 고민한다.

소득이 일정하지 않은 개인사업자라면 전체 매출액 중에서 순이익 금액을 계산해 세금을 공제하고 12개월로 나눠 헌금해야 하는 것인지, 그리고 또 어떤 경우는 조금 난처한 표정으로 현재 수입도 없고 빚만 잔뜩 지고 있는 상황인데 십일조를 꼭 해야 하는지 등을 묻는다.

하나님께서는 구약시대 때부터 자기 백성들에게 일정한 예물을 드릴 것을 요구하셨는데, 그것은 성도로 하여금 하나님의 주권에 대한 신뢰와 풍성한 사랑에 대한 감사의 마음이 있게 하며 하나님과 사람 사이에 그리고 이웃 간에 사랑의 교제를 증진시키기 위함이었다.

그래서 구약시대에는 하나님께 바쳐진 예물들이 주로 성전관리와 레위인의 생활비와 가난한 자들에 대한 구제비로 사용되었고, 신약에 와서는 예배와 교육과 구제, 선교와 친교 등에 사용되어지고 있다. 그러므로 중요한 것은 얼마를 드릴 것인가의 차원을 벗어나 어떻게 헌금할 것인가 하는 것이다.

바울은 헌금에 관한 모범적인 교훈을 마케도니아교회에서 찾아 우리에게 소개하고 있다.

환경이 문제가 아니다

당시의 마케도니아 지방은 로마의 식민지로 많은 세금을 수탈당해 왔으며 세 차례의 내란으로 그들이 겪는 경제적 고통은 극도에 달했었다. 그럼에도 불구하고 마케도니아교회는 그 어느 교회들보다도 그들의 풍성한 연보를 통해 헌신적인 사랑을 보여줬다.

지금 당장 사업이 어렵고 물질적으로 궁핍한 환경이 하나님을 위한 사랑과 헌신의 장애물이 될 수는 없다.

힘에 지나도록 드려야 한다

한 선교사가 뉴 헤브라이즈(New Hebrides) 군도에서 원주민들이 돼지를 잡아 꼬리를 잘라내어 한 곳에 쌓아놓는 것을 보고는 그 이유를 묻자, 그들은 "고기는 우리들 것이고 꼬리는 신의 것이다"라고 대답했다.

오늘날 많은 신앙인도 이 원주민들과 같은 생각으로 헌금생활을 하고 있지 않은지 생각해 보아야 한다. 자신의 생활은 넉넉하게 하면서도 헌금은 쓰고 남는 것 내지는 돼지꼬리만큼만 하고 있지 않은지 말이다.

그러나 마케도니아교회 교인들의 헌금은 바울 자신의 기대를 능가하는 최선을 다한 연보였다.

자원하는 마음으로 드려라

헌금은 억지나 강요에 의해서 할 수 있는 것이 아니다. 또한 다른 사람과의 비교나 체면치레로 하는 것도 아니다. 교회 안에서의 직분이나 자신이 차지하는 사역의 비중을 생각하고 헌금액수를 정하거나 부흥집회에 참석하여 특별한 은혜를 체험했다고 해서 결혼한 사람이 배우자와 상의도 없이 거액의 헌금을 약정하는 것은 순간적인 감정몰입이나 상황논리에 휩싸여 헌금하는 올바르지 않은 태도이다. 오직 감사와 기쁨으로 자원하여 하나님께 드려야 한다.

그래서 바울은 "각각 그 마음에 정한대로 할 것이요 인색함으로나 억

지로 하지 말지니 하나님은 즐거내는 자를 사랑하시느니라"고 하였다.

자기 자신을 하나님께 바치는 심정으로 헌금하라

구약시대 성도들은 자신을 대신하여 여러 가지 예물을 하나님께 드렸다. 이처럼 오늘날의 헌금도 우리가 하나님께 자신을 바쳐 드리는 것과 같은 희생과 헌신의 표가 되어야 한다.

그래서 도박 또는 하나님께서 원하시지 않는 사업방법으로 주변 사람들을 괴롭혀가며 번 돈이나, 사업이 어려워지자 파산을 신청하고 국세청이나 채권자에게 주어야 할 돈으로 헌금하는 태도는 잘못된 것이다. 왜냐하면 하나님은 헌금의 액수가 아닌 그 헌금 속에 들어 있는 희생의 정도와 중심의 태도를 보시고 그 사람을 판단하시기 때문이다.

주님은 한 과부가 동전 두 개를 연보함에 넣는 것을 보시고 자신의 전 재산을 드린 그 과부의 동전 두 닢을 여러 부자들의 헌금보다도 더 많은 헌금을 드린 것으로 인정하셨다.

예수님께서는 우리의 돈 씀씀이를 보시고 우리의 마음을 알 수 있음을 지적하셨다. 스스로가 귀하고 가치 있다고 여기는 그곳에 재물을 사용하기 때문이다.

따라서 우리는 헌금할 때 얼마를 드릴까를 고민하며 교묘하게 계산하는 모습이 아닌 무모하리만치 하나님께 감사의 마음을 표현했던 과부처럼 할 수 있는 한 헌신의 마음과 희생이 담긴 예물을 하나님께 드릴 수 있어야 한다.

된장녀와 돼지

유명 여배우가 광고하는 샴푸로 아침에 일어나 머리를 감고 화장은 진하지 않고 자연스럽게 한다. 최신 유행 원피스에 명품 토드백(Tod' s Bag)을 들고 전공서적 한 권을 겨드랑이에 끼고 집을 나선다. 버스를 기다리며 자가용을 몰고 다니던 옛 남친(남자친구)을 그리워한다.

학교 앞에서 유명 상표의 커피와 도넛을 사먹으며 창밖을 바라본다. 마치 뉴요커라도 된 듯하다. 복학생 선배를 꼬여 패밀리 레스토랑에서 점심을 먹는다. 품위 유지를 위해 싸이월드(Cyworld)에 올릴 음식 사진을 디카(디지털 카메라)로 찍어둔다. 시간이 남아 백화점 명품관에서 아이쇼핑을 한다. 친구들과 결혼 상대에 대해 이야기를 나눈다. 3000cc 이상의 차를 몰고 키 크고 옷 잘 입는 의사면 충분하다. 지금 사귀는 남친은 '엔조이' 일 뿐. 헬스장에서 러닝머신을 한다. '섹스 앤 더 시티' 에서처럼 멋지게 느껴진다.

한동안 인터넷 등에서 한창 뜨겁게 거론되는 이른바 '된장녀의 하루' 다. 그동안 '된장' 은 구수한 한국적 정서와 꾸미지 않는 질펙함의 대명사로 많이 쓰여 왔으나 최근 인터넷에서 쓰이는 이 말의 의미는 전혀 다르다.

이를 이해하기 위해서는 '된장녀' 의 '어원' 을 먼저 살펴봐야 하는데, 어원에 관해선 여러 '설' 이 있지만, 그중에서 '젠장녀 → 덴장녀 → 된장녀' 가 가장 설득력을 얻고 있다.

하나님께서는 우리를 향하여 놀랍고 풍성한 계획을 갖고 계시고 그것을 이루기를 원하신다. 그리고 그 가운데 하나가 '물질'로부터의 얽매임이 아닌 자유일 것이다. 기꺼이 헌신되어 하나님의 뜻을 이루고자 하는 지혜로운 자를 통해 하나님은 물질적 풍요를 허용하실 수 있다.

하나님께서 나에게 재물을 주시고 위탁하신 것은 그 재물을 가지고 이 땅에서 부를 축적하거나 허영과 사치로 욕망을 채우는데 있지 않고 하나님께서 나를 통해 일하실 수 있도록 나의 삶을 양도하고 나누는 삶을 실천하는데 있다.

그런 면에서 스타벅스(Starbucks Coffee)와 패밀리 레스토랑, 명품에 집착하고 뉴요커의 삶을 지향하며 남성을 수단으로 여기는 미혼여성을 일컫는 '된장녀'의 삶은 하나님께서 원하시는 삶과는 정 반대의 삶이다.

다른 사람들에게 인정받고 싶어서 혹은 부러워서 남에게 지지 않으려고 허세를 피우는 이 땅의 된장녀들에게 예수님은 말씀하신다.

"삼가 모든 탐심을 물리치라 사람의 생명이 그 소유의 넉넉한 데 있지 아니하니라"(눅 12:15)

우리가 일상에서 어떤 물건을 구입하고자 할 때 자문해야 할 것이 있다. 그것은 구입하려고 하는 물건의 중요성에 관한 것이다. 기본적인 생활을 영위하는데 없어서는 안 될 꼭 필요한 것인지(Needs), 더 좋은 상품의 질을 희망하는 나의 욕구(Wants)인지, 아니면 나의 과시나 사치 등을 위한 소비의 욕망(Desires)인지 우리는 구분할 수 있어야 한다.

예를 들어, 식사 후 아이스크림을 먹고 싶다는 필요가 있을 때 500원

짜리를 먹을 것인지, 아니면 5,000원을 주고 고급 아이스크림을 먹을 것
인지 생각해 보아야 한다는 것이다.

최근 우리나라 젊은이들의 소비성향을 살펴보면 재정적인 어려움으
로 기본적인 필요조차 충족시키지 못하면서 고급 브랜드의 비싼 물품을
구입하고 이로 인한 채무는 늘어만 가고 있다. 이는 분명 그들에게 필요
와 욕구, 욕망에 대하여 평가하는 습관이 없었거나 우월감과 과시욕을
참지 못해서 오는 결과이다.

"자기 토지를 경작하는 사람은 먹을 양식이 넉넉하겠지만, 땀 흘려 성
실하게 일하지 않는 사람은 지혜롭지 못하다"(잠 12:11, 쉬운성경)
"그러나 자족하는 마음이 있으면 경건은 큰 이익이 되느니라 우리가
세상에 아무 것도 가지고 온 것이 없으매 또한 아무 것도 가지고 가지 못
하리니 우리가 먹을 것과 입을 것이 있은즉 족한 줄로 알 것이니라"(딤
전 6:6~8)

아름다운 것만을 추구하는 여인을 성경에서는 당시 가장 천한 동물로
여겨지던 돼지에 비유한다. 이것은 슬기롭지 못하면서 외적인 것에만
신경을 쓰는 이들, 즉 '된장녀'에 대한 풍자일 것이다.

지출일기 쓰기

번 돈	쓴 돈	마음 담는 곳
	지하철 1,800 점심 5,000 가방 120,000 정민이 신발 87,000원	· 하루 종일 덥고 힘든 하루였다. 아침부터 많은 사람으로 붐빈 지하철에서 단추도 떨어져 나가고 가방도 잃어버렸다. 지금이라도 당장 자가용을 타고 출퇴근 하고 싶지만 아직 우리 집 사정이 넉넉지 않아 참아야 되겠지? (아빠) · 오늘 아침 마태복음 1장 말씀을 통해서 하나님의 변함없으신 사랑을 확인했다(아브라함과 다윗의 혈통). 하나님의 인도하심을 날마다 경험하며 살았으면 좋겠다. 특히 우리 가정의 재정 관리에 지혜를 주셔서 넉넉한 살림을 꾸려갈 수 있었으면 좋겠다. 지하철에서 가방을 잃어버려 예상치 못한 지출이 이루어져 파김치가 되어 퇴근하는 남편에게 화를 내고 있었던 내 자신이 얼마나 밉고 속상하던지… (엄마) · 기말고사가 끝나고 아직까지 책 한 번도 거들떠보지 않는다고 엄마한테 혼났다. 좀 더 부지런해졌으면 좋겠다. 오늘 엄마를 졸라 비싼 신발을 하나 샀는데 지금 생각해 보니 조금 후회도 된다. 자꾸만 친구들이 놀려대서 좋은 신발을 골랐는데 괜한 곳에 많은 돈을 쓴 것 같아 마음에 걸린다. 엄마 아빠가 돈 얘기 할 때마다 걱정된다. (정민이)
0원	213,800원	

물가가 천정부지로 올라 시장보기가 겁나고, 힘들 때 빌려 쓴 대출 이자는 턱 없이 올라 사는 게 더욱 어려워졌다.

지금보다 조금 잘 살아보려고 돈 버는 재테크 책들을 뒤져보지만 비법을 공개한다는 책의 대부분은 만인이 이미 다 공유하는 공공연한 비밀을 비법이라고 소개하고 있다.

사실 재테크의 비법이나 왕도라는 게 있을 리 만무하다. 경제적으로 잘 사는 비결이 있다면 그것은 지금보다 수입을 월등히 늘리거나, 아니면 지출을 과감히 줄이는 원칙만 있을 뿐이다.

그래서 건강한 가정경제의 첫걸음으로 가계부보다도 재밌는 지출일기를 소개하고 싶다.

지출일기는 자녀들까지 포함한 모든 가족 구성원이 함께 쓴다는 점에서 보통의 가정에서 사용하는 가계부와는 조금 다르다. 이것은 가정 경제의 책임이 가장이나 또는 살림을 맡아서 하는 아내에게만 있는 것이 아니라 가족 공동체 모두에게 있고, 그러므로 가족은 무한 책임 공동체임을 알아야 한다는 것을 의미한다. 그래서 지출일기를 잘 활용하면 여러 가지 유익을 얻을 수 있다.

먼저는 현재의 자산이나 수입 지출 내역을 누구나가 쉽게 보고 공유함으로써 하나님께서 주신 가족과 돈에 대해 생각해 볼 수 있고 비전과 기도제목을 확인하여 서로를 위해 중보해 줄 수도 있다. 천국의 원형인 가정의 행복과 돈이 가져다주는 유익과 위험성에 대해서도 진지한 고민을 해볼 수 있을 것이다.

그리고 무엇보다도 중요한 것은 지출일기를 통하여 수입 범위 안에서 지출할 수 있는 지출 통제력의 내공을 쌓아갈 수 있게 된다.

오늘날 많은 재정적인 어려움은 버는 것 이상으로 지출하는 것으로부터 찾아온다. 필요한 것 이상의 소비와 지출이 주는 만족이 영원할 수 없다는 것을 알고 있지만, 유혹을 피해가기란 쉬운 일이 아니다.

지출일기에 있는 각자의 지출 금액 숫자는 부담으로 이어져 잘못된 지출습관을 제어하고 고쳐줄 좋은 조련사 역할을 해 줄 것이다.

실제로 2년 전에 만났던 어느 부부는 신혼 초부터 늘 갈등 속에 살아왔었는데, 그 중심에는 항상 '돈'이 자리 잡고 있었다.

하나님께 대한 신앙은 있었지만 그들은 자라면서 한 번도 크리스천의 재정 관리에 대하여 듣지 못했으며, 아무도 이 문제에 대하여 진지하게 가르쳐 준 사람들이 없었다. 그래서 각자가 경험하고 터득한 서로의 방식대로 돈을 벌고 지출을 하며 살아왔다. 배우자에 대한 소비습관을 비난하게 되고 헌금, 부모님 용돈, 교육비 지출, 숨겨진 부채 등 모든 것이 갈등의 연속이었다.

더 이상 용납할 수 없게 되자 이들 부부는 이혼을 결심한 채 마지막 바람으로 필자를 찾게 되었다. 나는 그들 부부와 함께 문제를 안고 기도하며 가족의 지출일기를 써 볼 것을 권면하고는 돌려보냈다.

수개월이 흐른 후 이들 부부는 모든 얽혔던 관계가 회복되고 이전보다도 더 신실한 크리스천이 되어 있었으며 예전과는 전혀 다른 경제적 가치관을 가지고 하나님께 헌신하게 되었다.

현명한 투자자는 1%의 수익률을 더 높이기보다 3%의 불필요한 초과 지출을 줄이고, 지혜로운 사람은 3%의 지출 통제보다 하나님께서 주신 가정의 화평을 좇는다.

모으는 삶과 흘려보내는 삶

꼭 나누어야 하나?

조선시대 300년 동안 만석꾼이었던 경주 최부잣집은 부자이면서도 존경 받은 집안이었는데, 여기에는 그들만의 특별한 인생철학이 있었다.

그것은 흉년과 파장에는 땅과 물건을 사지 않고, 1만석 이상의 재산은 꼭 사회에 환원하고, 과객은 후하게 대접한다는 것과 주변 100리 안에는 굶어 죽는 사람이 없게 하고, 벼슬은 진사 이상 하지 않으며, 며느리는 시집오면 3년 동안 무명옷만 입고, 보릿고개 때는 쌀밥을 먹지 않고 은 수저도 사용하지 않는다는 것이었다.

바로 이런 정신이야말로 지금 이 시대에 필요한 '노블레스 오블리주 (Noblesse oblige)'일 것이다. 사도 바울도 이런 정신을 가르쳤다.

"우는 자들은 울지 않는 자 같이 하며 기쁜 자들은 기쁘지 않은 자 같이 하며 매매하는 자들은 없는 자 같이 하며 세상 물건을 쓰는 자들은 다 쓰지 못하는 자 같이 하라 이 세상의 외형은 지나감이니라"(고전 7:30~31)

헬몬산(Hermon)의 폭포수는 요단강과 갈릴리 바다를 이루고 갈릴리 바다에서 또 다시 흘러 사해 바다를 이룬다. 갈릴리 바다와 사해 바다의 발원지는 똑같이 헬몬산(Hermon)이다.

그런데 이처럼 똑같은 근원에서 출발한 물이지만 갈릴리 바다는 온갖 생물들이 서식하는 살아있는 바다를 이루고, 사해 바다는 생물들이 살 수 없는 죽은 바다가 되었다.

그 이유는 갈릴리 바다는 물을 받아서 다시 아래로 흘러 보내지만, 사해 바다는 받기만하고 흘러 보내지 않기 때문이다(사해 바다는 지중해보다 398m 낮음).

이처럼 받기만하고 베풀 줄 모르는 자를 가리켜 성경은 복되다 말하지 않고 오히려 사해 바다와 같이 가난하고 죽은 인생이 될 뿐임을 말한다.

"흩어 구제하여도 더욱 부하게 되는 일이 있나니 과도히 아껴도 가난하게 될 뿐이니라"(잠 11:24)

부자와 나사로에서 나오는 부자는 하나님을 믿지 않아서 천국에 가지 못했다. 왜냐하면 하나님께서 허락하신 재물을 가지고 나누는 삶을 살지 않았기 때문이다.

그래서 하나님을 믿는다고 하면서도 나누는 삶을 살지 못하는 사람은 "정말 그리스도인이 되었는가?"라는 근본적인 질문 앞에 직면해 보아야 한다.

돈을 벌 때의 기록만 있고 그 이후 돈을 어떻게 썼는지를 기억하기 곤란한 기업이나 사람은 하나님 나라에 적합하지 않다. 하나님이 그분의 자녀들에게 재물을 허락하신 이유는 그 재물을 다른 사람들과 나누며 평균하게 살아가기를 원하시기 때문이다(고후 8:14~15). 그래서 크리스천은 도움이 필요한 많은 사람을 도와주어야 할 사명이 있는 것이다.

누구에게 흘러 보낼까?

베풂과 나눔에도 성경적 원칙이 있다. 남을 도와줌에 있어서 순서를 정하여 하는 것이 유익하다는 말이다. 먼저는 어려움에 처해 있는 우리의 가족이나 친척을 도와주며 함께 나누는 생활부터 시작하는 것이 좋다.

성경에서 말하고 있는 가족이란 단순히 남편과 아내, 자녀들만 얘기하는 것이 아니라 아버지, 어머니를 포함해 형제와 먼 친척까지를 포함하고 있다.

디모데전서 5장 8절에 보면 "누구든지 자기 친족 특히 자기 가족을 돌보지 아니하면 믿음을 배반한 자요 불신자보다 더 악한 자니라"고 기록하고 있고, 16절에서는 "만일 믿는 여자에게 과부 친척이 있거든 자기가 도와주고 교회가 짐 지지 않게 하라 이는 참 과부를 도와주게 하려 함이라"고 말씀하신다.

자기 가족을 돌아보지 아니하고 다른 사람을 살핀다는 것은 자칫 자신의 책임을 망각한 태만이요, 위선이며 자기 의에 도취된 사람일 수 있다.

그리고 그 다음으로 주 안에서 한 형제자매 된 사람들을 돕고 사랑을 나눠주어야 한다. 우리 주변을 둘러보면 아직도 경제적으로 어렵고 궁핍함으로 낙담하고 고통 중에 있는 많은 사람이 있다. 주 안에서 한 형제된 이들의 고통을 돌아보지 않는다는 것은 불행한 일일뿐만 아니라 크리스천의 부끄러움이다.

"누가 이 세상의 재물을 가지고 형제의 궁핍함을 보고도 도와 줄 마음을 닫으면 하나님의 사랑이 어찌 그 속에 거하겠느냐 자녀들아 우리가 말과 혀로만 사랑하지 말고 행함과 진실함으로 하자"(요일 3:17~18)

또한 세상에서 직업이 없이 주의 일에만 전념하는 사람들을 도와주어야 한다. 크리스천 가운데 목회자처럼 성도들의 신앙을 지도하며 주의 일에 전념하는 사람들은 어떤 사람보다 가난하게 살아야 한다고 생각하는 사람이 많은데 이것은 성경적으로 잘못된 생각이다. 왜냐하면 목회자의 영적 능력이나 경건한 생활이 가난하고 어려운 생활과 비례하는 것은 아니기 때문이다. 오히려 가난 때문에 물질적인 시험이나 유혹이 찾아와 영적인 능력을 상실할 위험이 더 농후하다.

그리고 믿지 않는 자들을 도와주고 복음을 위하여 진실한 마음으로 사랑을 실천해야 한다. 크리스천은 말로만이 아니라 행함으로써 하나님의 사랑을 직접 보여주고 경험하게 함으로써 믿지 않는 자들을 구원해야 한다.

그러나 다음과 같은 사람은 도와줄 필요가 없다. 물질적인 궁핍함을 통하여 하나님이 어떤 사람을 징계하고자 하실 때 그 사람을 도와주는 것은 오히려 하나님의 뜻과 계획을 방해하는 것이므로 도와주어서는 안된다. 왜냐하면 물질적인 궁핍함이나 부족함을 통하여 그 사람이 회개하고 하나님께 돌아오거나 신앙적으로 더 강해지는 복을 받을 수도 있기 때문이다.

또 어떤 사람들은 꼭 필요해서가 아니라 더 좋은 것과 더 많은 것을 갖고 싶은 욕심 때문에 도움을 청하는 사람들이 있다. 이런 사람들은 도와줄 필요가 없다.

참을 수 없는 유혹의 잔혹사

[사례 1]

서울 가양동에 거주하는 김 모(45) 씨는 카지노 출입 3년 만에 5억 원대의 전 재산을 날리고 다니던 직장도 그만뒀다. 그리고 화목하던 가정은 부인의 가출로 무너졌고 자녀들은 뿔뿔이 흩어졌다. 지금은 강원도 정선 카지노 주변에서 24시간을 보내며 노숙자 생활을 하고 있다. 현재 그의 유일한 희망은 1등 복권에 당첨돼 다시 옛날의 생활로 돌아가는 것이다.

사회가 공감하고 통념 속에 자리 잡은 확실한 진리 가운데 하나는 심은 대로 거둔다는 것이다. 고린도전서 3장 8절에도 "심는 이와 물주는 이는 한가지이나 각각 자기가 일한 대로 자기의 상을 받으리라"고 기록하고 있다.

그런데 많은 사람은 심으면 거둔다는 단순한 진리를 외면하고 심지도 않은데서 거두기를 원한다. 게다가 정부와 언론은 로또나 카지노라는 법제화된 제도를 통해 산수 못하는 사람들을 부추기고 돈을 통해 마치 현실화될 수 있을 것 같은 욕망을 자극한다.

이 욕망은 끝이 없는 만족과 욕심의 선봉이며 수백억 원의 이월된 당첨금 숫자를 맞추기 위해 은행과 판매점마다 길게 늘어선 줄의 길이와 비례한다. 그러나 이것은 비이성적일뿐만 아니라 매우 맹목적인 도박심리와 수고하지 않고 일순간에 거두려는 한탕주의에서 기인한다.

로또에 당첨돼 돈 많은 거부가 되어 행복한 인생을 사는 사람은 거의 없다. 오히려 로또 때문에 10억 이상에 당첨된 80% 이상의 사람들이 정상적이고 질서 있는 생활에서 벗어나 혼란한 삶을 살고 있으며 파산하거나 이혼을 하고 마약중독자가 되고 자살을 하는 등 상황이 전보다 극도로 안 좋아졌다.

또 실제로 로또 판매량을 조사해 본 결과 부자들이 많이 사는 동네보다 가난한 사람들이 몰려 있는 곳, 즉 소득이 낮은 지역에서 월등히 높았다. 로또가 서민들의 가슴에 잘못된 허상을 심어준 것이다.

"곧 헛된 것과 거짓말을 내게서 멀리 하옵시며 나를 가난하게도 마옵시고 부하게도 마옵시고 오직 필요한 양식으로 나를 먹이시옵소서 혹 내가 배불러서 하나님을 모른다 여호와가 누구냐 할까 하오며 혹 내가 가난하여 도둑질하고 내 하나님의 이름을 욕되게 할까 두려워함이니이다"(잠 30:8~9)

[사례 2]

수원에 사는 최 모 씨는 생활고로 인해 수천만 원의 카드빚을 지고 어린자식들과 함께 일가족이 동반 자살이라는 극단의 선택을 했다.

최근 신용카드사 광고 카피를 보면 세련되다 못해 퍽 교활해졌다. "필요한 것만 카드로 사세요" 하며 실속을 얘기하면서도 가둬두기에는 혜택이 너무 많다고 하고, 내일 파산하더라도 오늘은 즐길 것을 종용한다. 그것이 인생이라는 것이다.

돈이 있을 때만 구매해야 하는 상식을 애써 지키거나, 돈은 돈대로 쓰면서 변변찮은 카드 혜택 하나 챙기지 못한 사람을 드러내놓고 바보 취급한다. 이들은 또 모두 다 나열하기도 힘든 각종 혜택을 제공한다며 경제가 어렵고 불안한 시기에 신용카드의 도움을 받아볼 것을 속삭인다.

그러나 미국 개인 파산 연구소의 자료에 의하면 신용카드 사용자들은 현찰 구매를 하는 사람보다 12~18% 정도의 소비를 더 하고 있었으며 부도를 낸 69%의 사람들은 신용카드가 원인이었다고 말하고 있다.

주유나 외식, 영화, 육아, 교육, 항공, 대형마트, 통신, 교통 등 생활의 거의 모든 분야에서 할인이나 무이자 혹은 포인트 적립을 통해 마치 큰 혜택을 주는 듯하지만, 결코 신용카드 회사는 손해 보는 장사를 하지 않으며 마치 창세기에 등장하는 뱀처럼 고객에게 항상 이기는 게임을 제안한다.

예를 들어, 자동차 구매 시 선포인트 할인 50만 원을 받기 위해서는 적립율 1%인 가맹점을 찾아 5천만 원을 신용카드를 통해 구매해야 한다. 이것은 3년간 매월 138만 원에 해당하는 금액이며 가계 지출구조에 있어 큰 부담이 될 수밖에 없다. 만약 신용카드가 아닌 현금 5천만 원을 손에 쥔 채 구매할 물품을 놓고 흥정한다면 50만 원 이상의 할인은 얼마든지 가능할 것이다.

보통은 비상시에만 사용할 목적이거나, 아니면 공짜로 사은품을 준다는 말에 현혹되어 신용카드를 만들게 된다. 그리고 실제 신용카드를 사용하게 되면 소지하기가 어렵고 분실이나 도난의 위험이 따르는 현금에 비해 보관이나 사용이 편리한 게 사실이다. 또 물건을 구매하고 일정기간 이후에 대금을 결재하게 되므로 자금을 활용할 수 있는 시간적 여유를 가질 수도 있고 무엇보다도 카드사용을 통해 거래가 투명하게 이루어져 범국가적 차원에서 탈세를 방지할 수 있다.

그러나 만약 개인의 신용을 담보할 수 없는 무능력한 사람이 신용이라는 권리를 행사하게 되면 약속은 깨지고 갈등과 불법을 저지르는 원인을 제공하게 된다.

다시 말하면, 사회적 책임감이 불성실한 사람이 충동구매나 기본적 필요를 채우기 위한 생계수단으로 신용카드를 사용하다가 대금 결제를 하지 못하게 되면 복리로 불어나는 빚에 대한 심리적인 압박감 때문에 수단과 방법을 가리지 않는 범죄나 자포자기의 늪에 이르게 된다는 것이다.

우리나라는 신용카드 사용액 중 71%가 현금서비스와 카드론(Card Loan)이다. 유럽이나 미국 등에서는 신용카드 사용의 80%가 물품구매(신용거래)인데 반해 우리나라는 정반대로 돈을 빌려 쓰는 현금서비스나 카드론이 압도적이다. 무분별한 가계부채의 증가 뒤에 '신용카드'가 있는 것이다.

만약 신용카드의 여러 가지 장점에도 불구하고 자신의 지출을 균형 있게 통제할 수 없다면 신용카드를 과감하게 잘라버려야 한다. 이미 잘라버린 카드로 인해 불확실한 미래에 대하여 두렵거나 불안해 할 필요는 없다. 꼭 필요하게 사용할 곳이라면 여호와 이레의 하나님께서 하나님의 방법을 좇아 반드시 채워주신다는 믿음을 가져야 한다.

모든 신용카드 가맹점에서 통장의 잔고만큼 쓸 수 있는 체크카드가 오히려 당신의 경제생활을 더 윤택하게 해 줄 것이다.

[신용카드와 체크카드 비교]

구분	가맹점수	이용한도	이용가능시간	할부구매	소득공제	현금서비스
신용카드	약 300만개	신용한도	24시간	가능	가능	가능
체크카드	약 300만개	예금잔액	24시간	불가능	가능	불가능

체크카드는 모든 신용카드 가맹점에서 은행계좌의 잔고 한도만큼 결제할 수 있으므로 계획성 있는 소비가 가능하고 계좌를 정리한 통장은 소비와 동시에 자동적으로 가계부로 활용될 수 있다는 점에서 매우 유용하다.

그리고 호시탐탐 우리의 지갑을 노리는 광고에 주의해야 한다. 이들이 선전하고 퍼뜨리는 잘못된 통념들을 묵살하기 바란다. 오늘 마지막 기회를 놓치면 영원히 후회한다는 홈쇼핑의 속임수에 더 이상 속지 않아야 한다.

예산에 없는 즉흥적인 충동구매를 부추기는 어떠한 유혹도 얼마 지나지 않아 받게 될 걱정이나 불안, 스트레스에 비하면 반드시 극복해야 할 순간임을 기억하고 못 본 채 해야 한다.

맞벌이 가정의 위험성 진단하기

맞벌이를 하고 있는 40대 초반 최 씨 부부의 월 가계소득은 600만 원 이상으로 다른 친구들보다 높은 편이다. 그러나 가계부는 늘 적자를 벗어나지 못하고 있고 지금까지 저축한 돈도 거의 없어 미래가 불안하다.

게다가 게임에 빠지기 전까지 공부도 제법 잘했던 큰 아들이 부부가 맞벌이를 하면서부터 집에 혼자 있는 시간이 많아지자 인터넷 게임에 빠져 한 달에 수십만 원을 쓰고 게임 캐릭터가 죽기라도 하면 머리를 쥐어뜯으며 신경질적 반응을 보여 한 달 동안 병원 신세를 지기도 했다. 가정 경제를 생각하면 계속해서 맞벌이를 해야 하지만, 자녀를 위해서 지금이라도 한 사람이 직장생활을 그만 두어야 할지 고민이다.

맞벌이가 성경적인가?

성경에서 결혼한 부부가 맞벌이를 하는 것에 대해 금기시 하고 있지는 않다. 만약 단칸방에서 끼니를 걱정하며 자녀의 교육비도 충당할 형편이 되지 않는다면 당연히 맞벌이를 해서라도 부모로서의 의무를 다하고 가정 경제에 기여해야 옳을 것이다.

그러나 단지 남편의 수입만으로는 부족해 지금보다 더 윤택한 삶을 살기 위해서 혹은 아내의 자아실현을 위해서 직장을 갖는 동기는 잘못되었다고 말할 수 있다. 왜냐하면 경제적 채움에 대한 불만족은 대부분 1년 이내에 또다시 그들의 생활수준에 불만을 갖게 될 것이고, 자아실현을 위해 직장생활을 하는 아내가 가정과 교회 등에서의 의무를 소홀히 하지 않을 수 없기 때문이다.

또 맞벌이 부부 가정의 자녀들은 평상시 대화를 나눌 사람이 없다 보니 인터넷 중독이나 탈선에 빠지는 경우가 많고 직장에 다니는 아내의 수입은 교통비와 추가되는 자녀교육비 등을 제하고 나면 지출을 초과해 가정에 이익을 주는 일이 거의 없다.

그리고 특히 5세 이전의 자녀는 어머니의 정서적, 영적 영향력이 가장 중요한 시기로써 특별한 보살핌이 필요하다. 오죽하면 이스라엘 사람들은 "어머니가 이방인이고 아버지가 유대인이면 자녀는 유대인이 될 수 없고, 어머니가 유대인이고 아버지가 이방인이면 그 자녀는 유대인"이라는 인식을 하게 되었으랴!

"젊은 여자들을 교훈하되 그 남편과 자녀를 사랑하며 신중하며 순전하며 집안일을 하며 선하며 자기 남편에게 복종하게 하라 이는 하나님의 말씀이 비방을 받지 않게 하려 함이라"(딛 2:4~5)

그럼에도 불구하고 부부가 직장생활을 꼭 해야 한다면 배우자와 최상의 협의과정을 거쳐 가정과 직장을 잘 조화시킬 수 있는 방법을 선택해야 할 것이다.

우리 가정은 안전한가?

최근 통계청의 조사에 의하면 우리나라의 전체 가구 중 30% 가량이 맞벌이를 하고 있으며 이 같은 수치는 맞벌이 비율 45%인 일본과 60% 선인 미국에 비해 아직은 낮으나 30대 부부의 경우 80% 선을 넘을 정도로 빠르게 늘어나고 있는 추세이다.

그런데 아이러니하게도 맞벌이 가정이 외벌이 가정에 비해 소득은 높지만 저축액은 적고 대출은 더 많은 것으로 나타났다. 이것은 외벌이 가정에 비해 높은 소득 때문에 지출할 때 느끼는 긴장감이 사라짐으로 오는 결과일 것이다.

[가구 소득유형별 가계현황]

구분	소득	저축액	대출
외벌이	3,015만 원	2,690만 원	1,016만 원
맞벌이	3,651만 원	2,250만 원	1,105만 원

(통계청, 2000년)

어느 재무 설계 회사의 설문조사를 보면 맞벌이를 하는 이유로 전체 응답자의 47.7%가 풍족한 생활을 위해서, 20.5%가 자아성취를 위해서, 11.6%가 생계유지를 위해서, 10.3%가 주택마련을 위해서라고 답했다.

이는 대부분의 맞벌이 가정이 고정 지출의 계속적 유지를 위해 맞벌이를 선택하고 있는 것으로 보인다.

맞벌이 가구는 외벌이 가구보다 고정 지출이 높은 편이다. 이들은 소득의 원천이 두 곳이고 그 소득이 높기 때문에 고정 지출에 대해서 간혹 간과하곤 한다.

또 이들은 외벌이 가정보다 쉽게 대출을 통해 주택을 구입하고 매월 상환 원리금이 높더라도 크게 걱정하지 않는다. 자동차를 구입할 때도 할부로 구입하고 전자제품을 구입할 때도 쉽게 카드를 사용한다.

또 서로의 다른 월급체계와 같지 않은 출퇴근 시간, 그리고 각자에게 대한 묵시의 침범할 수 없는 직장인으로서의 영역을 보장 받고 비자금을 만들어 나름대로의 재테크를 하기도 한다.

그러나 이와 같은 것들이 어느 순간 부메랑이 되어 빚으로 날아온다는 것을 기억하는 맞벌이 부부는 그렇게 많지가 않다. 그래서 맞벌이 부부는 소득은 많지만 저축할 여력이 없고, 예상치 못한 지출에 대응하는 것이 외벌이 가정보다 더 어렵다.

이것은 성경적이지 않다. 부부가 한 몸을 이루고 있고 우리 인체의 몸에 음식이 들어가는 장소가 한 곳이듯 돈은 한 곳에 모여야 한다. 부부간에 재정이 투명해야 죄가 들어올 틈이 없게 된다.

교육열에 있어서도 부부가 경제활동을 하는 일반적인 맞벌이 가정이 외벌이 가정을 추월하고 있다. 그들은 자녀들의 교육을 위해 무엇이든 할 준비가 되어 있고, 자녀와 많은 시간을 함께 보내지 못한다는 미안함 때문에서라도 이를 악물고 더 좋은 사교육 환경과 높은 성취를 이루기 위해 돈을 투자한다.

그래서 현재 다른 재정적인 준비가 되어 있지 않은 상황에서도 좋은 지역에 대출이 많은 집을 구입하고 그 지역에서 좋은 교육을 받기 위해 큰돈을 지출하기도 한다.

맞벌이의 위험이 현실화되는 것은 맞벌이가 중단되는 상황에서 발생한다. 이것은 부부 중 어느 한 사람의 실직, 이혼, 질병이나 사고 등을 통해서 현실화된다. 부부 중 누군가가 실직을 하든지, 질병을 통해 경제활동을 하지 못하게 되는 경우, 신속히 대응하지 못하면 그들은 큰 곤란에 빠지게 된다.

그동안 두 사람의 소득에 기대어 유지해 온 주택대출 상환금과 자동차 할부금, 각종 세금과 카드 고지서가 문제가 되기 시작한다. 자녀교육 문제가 있기 때문에 쉽게 이사도 가지 못하고 교육비도 줄이지 못한다. '몇 달이면 문제가 해결되겠지' 라고 생각하면서 카드를 이용한다. 그리고 최악에는 신용불량자의 대열에 끼게 되기 일쑤다. 이런 문제는 빈민층보다는 중산층 이상에서 발생할 가능성이 더 크다.

물론 맞벌이 부부라고 모두 이런 함정에 빠지는 것은 아니지만, 단지 혼자 버는 가정보다 어떤 면에서 더 위험하다는 것이다. 그래서 맞벌이 가정은 항상 외벌이 가정보다 실직의 위험이 두 배라고 생각하고 현재의 소득이 지속될 수 없는 상황을 가정해 보아야 한다.

한 사람의 소득으로 6개월 이상 생활할 수 없다면, 만약 이 가정에 위기가 닥쳤을 때 심각한 위험에 처할 수 있다고 진단할 수 있는 것이다.

또 현재 맞벌이를 하면서도 여유가 없다면 고정 지출을 줄여야 하는 것이 당연하다. 자녀교육비와 차할부금, 주택대출 상환금, 보험료 지출 등 현재 고정적으로 지출되고 있는 것들이 전혀 줄일 수 없는 것이라면 가정의 재무구조가 지나치게 경직되어 있어 위험에 대처하기가 힘이 들기 때문이다.

부부 중 누군가가 실직하거나 혹은 건강을 잃게 된다면 이런 상황에 대처할 예비자산이 준비되어 있는지, 필요한 보험은 가입되어 있는지, 남은 할부 계약기간은 너무 길게 설정되어 있지는 않은지… 이런 질문들에 "예"라고 답할 수 없다면, 위험에 노출되어 있다고 판단해야 한다.

자녀에게 돈을 가르쳐라

벌써 2년 넘게 아무런 수입이 없이 아내의 작은 소득에 전전긍긍하며 생활하는 김 모 씨의 입에서는 불평과 원망이 하루도 쉴 날이 없다. 아들의 빚 때문에 그의 모든 재산은 날아가고 한 채밖에 없는 집마저도 압류를 당해 꼼짝할 수 없는 상황이 되고 만 것이다.

어려서부터 허세와 낭비가 심했던 아들은 금융환경과 경제 원리에 너무나도 무지했으며 계획 없는 지출이 도를 넘어 급기야 부모의 신용까지도 무너뜨려 버린 것이다.

우리가 영위하고 누리는 모든 것이 하나님의 소유임을 인정하면서도 유독 자녀에 대해서만은 지독한 애착을 지녀 온 것이 사실이다. 그러나 '자녀'는 하나님께서 부모에게 잠시 동안 맡기신 신탁체로서 청지기적 사명을 가지고 최선을 다해 가르치고 돌보아야 할 대상이다.

특히 이 대상은 매 순간마다 접하고 경험하게 되는 재정 문제에 있어서 독립하여 성인이 되기까지 부모로부터 성경적인 재정교육을 받아야 한다. 그 이유는 하나님이 기대하시고 원하시는 풍성한 삶을 살아가야 하는 존귀한 존재이기 때문이다.

"마땅히 행할 길을 아이에게 가르치라 그리하면 늙어도 그것을 떠나지 아니하리라"(잠 22:6)

만약 아이가 글을 읽고 쓸 줄 알며 돈의 가치를 이해할 즈음이 되었는데도 자녀에게 마땅히 행할 길을 가르치지 아니하면 돈의 노예가 되는 삶을 살게 되고 위험하고 다급한 사자의 모습으로 돌아온다.

하나님께 속한 자녀들은 재물과 관련하여 어떠한 마음으로 살아야 하는지, 십일조를 왜 해야 하는지, 용돈 관리를 어떻게 하고, 누구에게 베풀고 나누는 삶을 살아야 하며, 저축과 투자의 원리, 일(노동)을 함에 있어서 어떤 자세로 해야 하는지, 부채가 무엇인지, 인생의 장기적 재무계획을 어떻게 세워갈 수 있는지 배워야 한다.

가정 경제의 기본은 매우 단순해서 벌기(소득)와 쓰기(소비), 모으기(저축과 투자)의 연속으로 이루어진다. 그래서 자녀를 위한 경제교육을 할 때 이 시스템을 가르치고 이해시키는 것이 중요하다.

버는 것(소득과 지출이 어떻게 이루어지는지)에 대한 설명이 필요하다

이것은 부모가 직장에서 무슨 일을 하며 얼마의 돈을 벌고, 한 달에 어떤 항목으로 얼마의 돈을 지출하는지 기록하여 분명하게 자녀에게 알려

주는 것을 말한다.

한정된 재화를 가지고 많은 사람이 나눠 갖고 이 거대한 사회라는 공동체를 유지하고 존속시키기 위해서 사람들이 어떻게 살아가고 있는지 자녀에게 알려 주어야 한다. 그러나 단지 먹고 살기 위해서 일하는 것이 아니라 우리에게는 이 세상에 존재해야 할 특별한 사명이 있음을 인지시켜 주어야 한다.

그래서 때로는 가정에서 자녀에게 걸 맞는 일을 주고 적절한 보상이나 벌칙을 주는 훈련을 하는 것도 개념을 이해시키는 좋은 방법이 될 수 있다.

그런데 중요한 것은 절대로 자녀에게 선심 쓰듯 공돈을 주며 공짜를 가르쳐서는 안 되고 열심히 일하는 것에 대한 가치를 깨닫게 해야 한다.

이렇게 되면 자녀들은 우리 가족의 전체 소득의 흐름을 알고 한 달 지출예산을 이해하게 되어 적은 돈으로 일상의 큰 행복을 만들어 가는 법을 터득하게 된다.

쓰기(소비)의 훈련이 필요하다

월가의 살아있는 전설인 피터린치(Peter Lynch)나 주식 투자만으로 세계적인 부호가 된 워렌버핏(Warren Edward Buffett)의 성공적인 주식 투자 비결은 의외로 주식이 쌀 때 사서 비쌀 때 파는 단순한 논리의 실천이었다. 그리고 이들은 주식뿐만이 아니라 자신의 집이나 가재도구를 살 때에도 물건이 쌀 때 사야 한다는 철칙을 반드시 지켰다고 한다.

아이가 용돈을 받으면 스스로 소비를 결정하고 선택하게 될 때 약간의 발품을 팔기만 하면 한정된 용돈 이상으로 원하는 물건을 싸게 살 수 있다는 사실을 알려 주어야 한다. 똑같은 제품이지만 복잡한 유통 과정 때문에 파는 곳에 따라 가격이 서로 다르다는 것을 설명해 주고 현명한 선택이 필요하다는 것을 인지시켜 주는 것이다.

편의점이나 슈퍼마켓, 할인마트 등에 직접 아이를 데리고 다니면서 가격을 비교해 주는 것도 좋은 방법이다.

많이 버는 것은 적게 버는 것보다 분명 더 좋다. 그러나 늘 그런 것만도 아닌 것은 대부분의 사람들이 의지대로 조절이 가능하지 않기 때문이다. 결국 대부분의 사람들은 한정된 소득으로 긴 인생을 살아야 하는데 더군다나 '벌기' 가 평생 동안 가능하지도 않으며 또 언제까지 벌 수 있을까 하는 불안함은 시간이 갈수록 현실적인 두려움이 될 수밖에 없다.

그래서 사소한 물건이라도 구매를 하려고 할 때 눈앞에 있는 마시멜로를 먹고 싶은 욕구를 조금만 미루면 하나를 더 얻을 수 있다는 이야기에서처럼 만족을 지연시키는 훈련을 시켜주어야 한다.

사냥하고 돌아와 배고픈 시장기를 참지 못했던 에서는 동생 야곱에게 팥죽 한 그릇과 장자권의 축복을 맞바꾸는 억울하고 어리석으며 치명적인 거래를 하게 되었다.

지금 하고 싶은 것을 생각 없이 실행함으로서 잃을 수 있는 것에 대해 얘기를 해 보는 것도 좋다. 예를 들어, 주어진 용돈으로 당장의 먹고 싶은 것을 먹고, 자질구레하게 사고 싶은 것을 사 버린다면 그 선택은 자녀가 가지고 있는 돈을 잃게 되고, 나중에 정말 가지고 싶은 것을 못가질 수 있음을 알려주는 것이다.

그래서 '이것이 내게 꼭 필요한 것인가?', '나는 이 물건을 정말 꼭 가지고 싶은가?', '이것을 갖게 됨으로써 내가 잃는 것은 무엇인가?'에 대한 생각을 할 수 있는 힘을 길러주어야 한다. 너무 풍족한 용돈과 지원은 자녀에게 독이 될 수 있음을 우리는 여러 역사적 사건들을 통해 배울 수 있다.

마시멜로 실험에 참여한 아이들 중 만족 지연이 가능한 아이들의 상당수가 이후에 더 성공한 삶을 살았다는 이야기는 다른 교육들도 중요하지만, 경제교육이 얼마나 중요한지를 생각하게 해 준다. 눈앞에 달콤한 마시멜로를 두고 먹고 싶은 충동을 참은 아이들은 만족을 지연시켜 두 개의 마시멜로를 가졌다.

그리고 그런 경험을 수없이 반복하며 자란 아이들은 인내와 더불어 인내 끝에 오는 더 큰 보상이라는 성공의 경험을 하게 된다.

모으기(저축과 투자)의 훈련이 필요하다

이것은 단순히 저축하는 방법을 가르쳐주기 이전에 용돈을 어떻게 사용할 것인지에 대하여 부모와 자녀간의 일치된 뜻을 반영하는 소통의 훈련이 선행되어야 한다.

용돈을 주는 것은 부모가 하나님의 소유물 중의 일부를 대신해서 나누는 것이고, 결국 하나님의 뜻과 일치된 삶(지출)을 살 때 더 풍성한 재정을 아이에게 맡길 수 있다는 것을 말해주는 것이다. 그러면서 돈을 꼭 필요하지도 않은 곳에 부모의 뜻과는 전혀 상관없이 써서는 안 되는 이유를 설명해 주어야 한다.

그리고 용돈을 주는 것과 아울러 저축과 투자를 가르치는 것이 좋다. 창세기 41장에 보면 요셉이 애굽에 노예로 팔려가 보디발의 집에서 또 감옥에서 하나님의 사람으로 꿈을 꾸며 순간순간 성실하게 일했으며 총리가 되어서는 풍족하게 되었을 때 기근을 대비하여 저축하는 지혜를 발휘했고 또한 당시 이집트인이 필요로 하는 것들보다 더 많은 것을 미래의 필요를 위해 준비하였다가 쓰고 남은 것들은 다른 나라에 되팔아 많은 차익을 남기는 투자의 원리를 적용한 사실을 살펴볼 수 있다.

"지혜 있는 자의 집에는 귀한 보배와 기름이 있으나 미련한 자는 이것을 다 삼켜 버리느니라"(잠 21:20)

저축은 하나님께서 자녀를 위하여 미리 정해 놓으신 미래의 여러 가지 재무 사건들을 준비하기 위해서 현재 가지고 있는 돈 중의 일부를 분명한 목적과 계획을 가지고 모아 가는 것을 말한다.

개미와 베짱이의 교훈에서처럼 조금씩이라도 지금 준비하지 않으면 갑자기 미래의 알지 못하는 일들로 인해 엄청난 재정적인 위험에 빠질 수가 있고 하나님께서 원하시는 때에 하나님의 나라를 위하여 돈을 효과적으로 나누고 사용하기 위해서라도 하나님께서는 저축이라는 방법을 통하여 미리 준비하기 원하신다.

그리고 그 방법 가운데 하나가 투자이다. 투자란 더 큰돈을 만들려는 목적으로 신탁의 금융상품이나 기업자산, 부동산 등에 돈을 맡기는 것을 의미한다.

특히 저 성장 저 금리 상황 하에서 돈을 은행에 맡기고 적은 이자를 받아가는 것보다는 약간의 위험은 따르지만 지혜롭게 투자하면 더 많은 이익을 남길 수 있는 투자의 개념을 자녀가 이해하게 된다면 실생활에서 큰 유익이 될 것이다.

자녀에게 경제에 대한 개념을 심어준다는 것은 올바른 경제습관을 만들어 주는 것과 같다. 많은 부모들이 자녀의 경제교육을 위하여 전문가를 찾고 도움을 요청한다. 그러나 가장 훌륭한 경제 선생님은 부모가 되어야 한다. 부모의 가르침과 실천만큼 좋은 교육이 없다는 것은 누구나 다 아는 사실이다.

실제로 독일의 한 연구에 따르면 부모가 돈에 대한 개념의 이해 정도에 따라 자녀가 부자로 성장할 확률이 100배 가까이 차이가 난다고 한다.

자녀의 삶의 남은 생애를 재무영역에서의 하나님의 기본 원리들을 따르며 지키도록 하는 것은 부모의 역할이자 몫이다. 또한 이 원리들을 배우고 터득한 자녀들은 재무영역에서 자기중심적인 획득자에서 벗어나 그들의 자녀나 교회, 고용주 등의 모든 대인관계에서 베풀고 나누어 줄 줄 아는 사람으로 태어나게 된다.

[연령에 따라 가능한 자녀 경제교육 방법]

연령	가능한 방법
2~4세	동전 알아맞히기 놀이, 잔돈 놀이
5~8세	돼지저금통에 저축하기, 시장놀이, 엄마 아빠 역할극
9~10세	은행 예금통장 만들기, 용돈 받기
11~13세	용돈 기입장 작성, 은행 심부름, 시장보기

크리스천 자녀, 부모 노후 책임져야

"나는 딸 넷을 둔 사람입니다. 나는 주 씨 가문의 9대 종손입니다. 가문 종손이다 보니 자손 대를 이을 아들이 있어야 한다는 부모님의 뜻을 거역하지 못하고 원치 않는 자식, 딸만 넷을 두었습니다. 우리 딸 넷은 나이가 33살에서 38살 입니다.

모두가 출가하여 아기 2명씩 낳고 모두가 잘살고 있답니다. 친정 부모가 딸들에게 크게 바라는 것은 없지만, 기본이 되는 가문의 길흉사에는 참석하거나 아니면 불참하더라도 예를 갖추는 것이 기본이라 보는데 딸 넷 모두가 예수 믿는다고 일요일에 사촌 동생이 장가를 가는 혼사에도 불참하고 딸 넷 모두가 전화 연락도 없으니 이 늙은 부모의 서운한 마음을 어디에 호소할까요?

나는 젊어서 자식 넷을 키우느라 노후 대책은 꿈도 못 꾸고, 2004년 6월에 척추 디스크 수술을 받았고, 동년 11월에는 대퇴부 고관절 인공관절 절취시술을 하고, 2005년 3월에는 부산대학병원에서 심장 협심증 수술을 하였으나 수술 이후 혈관이 다시 막혀서 재수술을 해야 하나 수술비가 고가라 수술을 하지 못하고 병원 처방 약으로 하루하루 사는데 이렇게 살다가 죽을 것을 생각하면 허무한 인생이 스스로 불쌍합니다.

딸 넷 중에 한 명도 문병을 오지 않아 부모 된 이 사람의 아픈 심정을 호소할 길이 없고 금년 나의 나이가 63세, 노동력을 상실하여 현재는 기초생활 대상자로 근근이 하루하루를 연명하고 있지요. 딸들의 도움요? 없어요. 친동생들은 가끔씩 찾아와서 용돈도 주고 갑니다. 젊었을 때 열심히 일하여 자식 건강하게 키워줬으나 늙어서 자식의 도움을 받지 못하는 외로운 늙은이들을 위하여 방송국에서 좋은 프로를 개발하시어 늙은 사람들이 노후 걱정 없이 저 세상 가는 날까지 편하게 살다가 갈 수 있도록 도와주시기 바랍니다."

이 글은 얼마 전 모 방송국 홈페이지 게시판에 부산의 어느 한 노인이 올린 내용이다.

여성부의 청소년 의식조사에 따르면 우리 청소년들의 93%가 대학 학자금을 부모가 모두 책임져야 한다고 믿고 있고, 또 87%가 결혼비용을 부모가 책임져야 한다고 생각하며, 미취업 자녀의 용돈을 부모가 책임져야 한다는 청소년이 76%, 그리고 74%는 결혼할 때 부모가 집을 사 주거나 전세자금을 줘야 한다고 생각하고 있는 것으로 나타났다.

그러나 이처럼 부모에 대한 의존도를 세계 최고의 수준으로 끌어올리게끔 자식을 맹목적으로 사랑했던 한국 부모들은 자녀 교육과 혼사에 억대의 돈을 쏟아 부으면서도 그들의 부모에게는 소홀히 하는 왜곡된 교육의 본을 보여 왔다.

그 결과 자신들의 노후는 부모의 부모님에 대한 태도를 그대로 학습한 자녀들에게 어떠한 물질적 도움도 받지 못하는 세대로 남을 수밖에 없게 된 것이다.

크리스천도 예외가 아니다. 찰톤 헤스톤(Charlton Heston)이 주연했던 영화 '십계' 는 기억하면서도 속박과 규제를 죽기보다 싫어하는 현 세대의 크리스천들은 하나님께서 모세를 통해 주신 '십계명' 을 구약시대의 한 유물 정도로 이해하려 하고 있다.

그러나 이 '십계명' 은 우리 안에 있는 죄를 깨닫게 하며 예수 그리스도를 통하여 구원을 얻게 되는 진리를 알게 하는 몽학선생의 역할을 해 줄 뿐만 아니라 더 나아가 하나님의 창조질서의 규범으로써 그분의 피조물들 위에 설정하신 질서의 원리이고, 그 질서를 이 땅에서 구현해가며 살기를 원하시는 하나님의 뜻이다. 그러므로 우리는 충실하게 그분의 말씀 앞에 귀를 기울이고 순종해야 한다.

특히 '십계명' 중 제5계명은 "네 부모를 공경하라"고 가르치고 있다. 이것은 공경하는 진실한 마음뿐만이 아니라 부모의 노후까지도 경제적 책임을 다하여 모시는 실제적인 삶의 지침으로 삼는 것을 말한다.

"만일 어떤 과부에게 자녀나 손자들이 있거든 그들로 먼저 자기 집에서 효를 행하여 부모에게 보답하기를 배우게 하라 이것이 하나님 앞에 받으실 만한 것이니라"(딤전 5:4)

위의 사례와는 반대로 부모의 노년의 삶을 가치 있다고 여기고 "부모를 공경하라"는 하나님의 말씀 앞에 순종하며 노후를 연습하고 준비한 자녀들에게 하나님은 이 땅에서 그분의 자녀들로 하여금 장수할 수 있는 기쁨을 직접 체험하게 하신다.

예수님께서도 십자가를 지시면서 사랑하는 제자 요한에게 육신의 어머니인 마리아를 부탁하셨다.

"예수께서 자기의 어머니와 사랑하시는 제자가 곁에 서 있는 것을 보시고 자기 어머니께 말씀하시되 여자여 보소서 아들이니이다 하시고"
(요 19:26)

성경적 자녀 양육의 실제적인 통찰력을 제공해 주고 있는 제임스 돕슨(James Dobson) 역시 '자녀 훈계와 사랑'이라는 저서에서 "부모에 대한 존경은 또한 예수 그리스도에 대한 사랑을 자기 자녀에게 물려주기를 원하는 그리스도인 부모들에게는 더없이 중요한 요소이다"라고 강조했다.

4장

겸손의 원리

빚의 짐을 벗다

"부자는 가난한 자를 주관하고 빚진 자는 채주의 종이 되느니라"(잠 22:7)

"지혜 없는 자는 남의 손을 잡고 그의 이웃 앞에서 보증이 되느니라"(잠 17:18)

"내 아들아 네가 만일 이웃을 위하여 담보하며 타인을 위하여 보증하였으면
네 입의 말로 네가 얽혔으며 네 입의 말로 인하여 잡히게 되었느니라
내 아들아 네가 네 이웃의 손에 빠졌은즉 이같이 하라
너는 곧 가서 겸손히 네 이웃에게 간구하여 스스로 구원하되 네 눈을 잠들게 하지 말며
눈꺼풀을 감기게 하지 말고 노루가 사냥꾼의 손에서 벗어나는 것 같이,
새가 그물 치는 자의 손에서 벗어나는 것 같이 스스로 구원하라"(잠 6:1~5)

겸손의 원리 _ 빚의 짐을 벗다

빚이 느는데는 이유가 있다

한국은행은 '2006년 중 가계신용 동향'에서 2006년 말 현재 가계대출과 판매신용(외상구매액)을 합친 가계신용 잔액이 581조 9,635억 원으로 2005년 말에 비해 60조 4,676억 원(11.6%) 증가했다고 발표했다.

그런데 이 가운데 대부분은 부동산 구입을 위한 주택관련 대출이 차지하고 있었고 그밖에는 신용카드사, 할부금융회사, 백화점 등을 통한 외상구매의 판매신용 잔액이 확대되는 양상을 보여주었다.

미국 월스트리트저널(Wall Street Journal)은 미국민 70% 이상의 사람들이 매달 빚을 갚는데 급급해하며 살고 있다고 했다.

그래서 요즘 '재테크'에 이어 '빚테크'라는 말이 유행하고 있고, 이것을 누구나가 반드시 알아야 하는 상식으로 강요받는 사회에 우리는 살고 있다. 마치 이제는 더 이상 부채를 지는 것이 짐이 되지 않아야 한다는 것 같은 느낌이다.

부채를 지고 있다는 것은 돈이나 신용공여(보증)로서 남에게 지불해야 할 법적 책임을 가지고 있음을 의미한다.

성경에서는 돈을 빌리는 것에 대하여 죄라고 지적하고 있지 않지만 빚을 지지 말라고 말씀하고 있다. 잠언 22장 7절에 보면 빚진 자는 채주의 종이 된다고 했다. 신약시대에 돈을 빌려준 사람은 돈을 갚지 않은 채무자에게 합법적으로 그의 남은 재산을 빼앗거나 감옥에 넣거나 종으로 삼을 수 있었다.

미국의 재정전문가인 래리버켓(Larry Burkett)은 소매상과 백화점, 그리고 사람들한테서 갚을 수 없을 만큼의 음식과 의류, 돈을 빌려 상습적인 부채를 지고 애틀랜타의 채무자 감옥에 갇힌 사라라이트(Sara Wright)의 기록을 인용하며 이와 같은 규칙이 20세기 미국에서도 행해졌음을 밝히고 있다.

독일 출신의 머니코치(Money Coach)인 보도 쉐퍼(Bodo Shafer)도 '돈'이라는 책에서 고대 바빌로니아 사람들이 이미 소비를 위한 빚을 지며 살았음을 소개한다.

빚을 도저히 갚을 수 없는 사람은 노예가 되어 팔려갔고, 일단 노예가 되면 열의 아홉은 길바닥에서 생을 마쳤다. 그런데 안타까운 것은 이와 같이 빚을 진 사람들이 종이 되거나 감옥에 들어가 고통을 받다가 결국 죽게 되는 사실을 목격하고도 여전히 계속해서 자기를 담보로 빚을 얻어 삶을 연명한다는 사실이다.

그것은 아마도 인간 메카니즘(mechanism)의 심장부인 뇌의 반응과 관련되어 있는 것 같다. 뇌는 항상 직접적이고 순간적인 일에 더 강하게 반응한다. 단기적으로 고통을 피하고 기쁨을 얻고자 할 뿐 현재가 아닌 미래의 어느 시점에 빚더미에 앉게 되었을 때 겪어야 할 장기간의 고통은 별로 중요하지 않은 것이다.

노예의 신분으로 전락함으로써 맞게 되는 미래의 더 큰 고통과 자유의 상실보다 '지금 당장' 이 더 큰 비중을 갖는 것이다. 바꾸어 말하면 우리의 분석적 이성이 아무 소용이 없다는 얘기가 된다.

성경에서는 우리를 예수님께서 값을 주고 사셨기 때문에 사람들의 종이 되지 말라고 사도 바울을 통하여 고린도전서 7장 23절에서 말씀하고 있다. 다시 말하면, 하나님의 백성들이 빚으로 인하여 채권자를 섬기는 것이 아니라 하나님의 인도하심 가운데 하나님께 순종하여 섬기기를 원하신다는 것이다.

그럼에도 불구하고 빚에 대한 하나님의 경고를 무시한 채 마치 자기 통장에 있는 잔고에서 돈을 빼 쓰는 것처럼 신용카드를 애용하고 돈을 빌리는 사람들이 있다. 빚을 지고 있는 대부분의 사람들은 버는 것보다, 즉 자신의 수입 범위 이상으로 더 많은 돈을 쓰는 사람들이다.

그러면 그리스도인 가운데 왜 많은 사람이 부채를 안게 되었을까?

첫 번째, 다른 사람과의 비교의식 때문이다.

얼마 전 하버드대학에서 재미있는 조사 자료를 내놓았다.

"당신은 연봉 5,000만 원과 1억 원 중 어느 쪽을 선택하시겠습니까?"

단, '남들이 2,500만 원 받을 때 5,000만 원, 남들이 2억 원 받을 때 1억 원'이라는 조건이다. 이 질문에 대부분의 미국인들은 연봉 5,000만 원 쪽을 택했다.

얼마를 버느냐보다 다른 사람에 비해 얼마나 더 많이 버느냐가 중요한 가치였던 것이다. 사람들은 늘 다른 사람과의 비교를 통해서 자기를 평가하고 자존감 혹은 열등감을 지닌 채 살아간다.

그리고 자기가 살아가는 환경에 대한 지나친 욕심이 항상 다른 상대와 비교하게 되고 우위에 서고 싶어 하는 욕망으로 발전한다. 그래서 결국 빚을 내서 자신을 드러내고 싶어 하는 마음을 자극하게 되는 것이다. 그래서 집도 바꾸고 차도 바꾸고 휴대폰도 바꾼다.

우리는 비교의식과 열등의식에 결코 사로 잡혀 살아서는 안 되는 존재임에도 내가 소유하지 못한 것과 내가 이루지 못한 것 때문에 괴로워하고 심지어 서러워 눈물까지 흘린다.

에베레스트 산은 존재하는 그 자체만으로 이미 세계 최고의 산이라는 사실을 인정받고 있다. 그런데 세계 최고의 산임을 인정받기 위하여 더 이상 흙을 쌓아 올릴 이유가 없음에도 끊임없이 이 산 저 산 비교하여 가치를 높여 가려고 한다면 참 우스운 얘기가 될 것이다.

특히 남과 비교하여 주변 사람들로부터 인정받고 싶고 뒤처지지 않으려는 경향은 비정상적인 의사결정의 지출 습관을 갖게 한다. 자신의 사회적 성공과 경제력에 대한 자신감을 표현하고 인정받기 위하여 백화점이나 음식점에서 지나친 선심이 읽혀지는 과도한 지출을 하고 얼마 후에 날아오는 카드 청구서로 부부 싸움을 하곤 한다.

그러나 미국의 재정상담가 데이브 램지(Dave Ramsey)는 미국의 백만장자들을 소개하며 그들은 다른 사람들의 시선이나 인정에 연연해하지 않고 스스로 세운 재정적인 목표를 어떻게 달성할 것인가에 의해 동기부여가 된 지출을 한다고 말한다.

두 번째, 충동적인 구매욕이다.

살아있을 때 하지 못했던 절망과 증오의 말들을 세상을 향해 다 쏟아내며 생의 마감이라는 잘못된 선택을 해 버지니아 공과대생 33명이 숨지는 사고가 미국에서 발생해 세상을 놀라게 한 적이 있었다.

필설로 형언하기 힘든 이와 같은 범죄를 두고 많은 사람이 여러 가지 이유를 찾고 있지만, 어느 심리 전문가는 이 사건은 억제되고 위장된 분노가 치유되지 않은 상황에서 여러 환경적 인자와 만나 순간적 충동을 극복하지 못해서 폭발된 비극이라고 말했다.

크리스천의 재정적인 결정의 순간에서도 많은 경우에 위의 사건과 유사한 과정을 통해 지출이 이루어지고 결국에는 파산에 이르는 일이 종종 있다.

스트레스만 받으면 계속해서 음식을 섭취해야 하는 어느 주부, 자신의 경제적 약점이나 단점을 덮기 위해 남 앞에서는 무조건 여유 있게 지출해야 하는 어느 기업인, 오늘이 세일 마지막이라는 백화점과 케이블

홈쇼핑 광고를 보고 그냥 지나치지 못하는 20대의 미혼 여성… 모두 다 내재되어 있는 잠재적 감정이나 욕구의 기형적인 표출이 빚어내고 있는 결과들이라고 할 수 있다.

얼마 전 한 방송에서 아내 몰래 늘어난 카드 빚 때문에 결국에는 이혼을 당하고 씁쓸히 인생이라는 무대에서 퇴장해야 했던 어느 중년 남자의 이야기를 했다. 그리고 방송을 마무리하며 그 중년의 남자가 마지막으로 했던 말은 지금 와서 돌이켜 생각을 해 보니 순간적인 구매 충동을 이기지 못한 게 파국의 원인이었다고 했다.

처음에는 한두 번 내키는 기분에 맞춰 끌어다 쓴 돈이 눈덩이처럼 불어났고 나중에는 포기하게 되었으며, 그러면서 구매 중독자가 되어 헤어 나올 수 없는 지경까지 가더라는 것이다.

잠언 21장 5절에는 "부지런한 자의 경영은 풍부함에 이를 것이나 조급한 자는 궁핍함에 이를 따름이니라"고 말씀하고 있다. 부지런하고 조급하지 않는 사람이 풍부함에 이른다는 사실은 재정적인 구매 의사결정 과정에 있어서 어떻게 해야 하는지 시사하는 바가 크다.

충동구매를 억제하기 위해 다음 몇 가지의 도움이 되는 방안들을 생각해 보자.

첫째는 예산에 없는 물건은 절대로 사지 않거나 혹시 사더라도 최소한 열흘 정도 생각한 후에 사야 한다. 예산 범위를 벗어난 초과 지출은 심리적 안정을 주지 못하며 경제를 더욱 어렵게 하고 또 시간이 지나면서 그 물건이 꼭 필요하지 않다는 것을 느낄 수도 있기 때문이다.

둘째는 구입하고자 하는 물건이 있으면 반드시 몇 군데 돌아다녀 보고 사고 또 갖고 싶은 물건의 가격을 꼼꼼히 비교한 다음 구매를 하는 것이 좋다.

셋째는 사고 싶은 충동이 있는 물건의 목록을 작성해 보는 것이다. 직접 기록해 가는 것을 통해 자신의 구매성향을 점검하는 기회를 가질 수도 있고 더 노력하고 열심히 살아야 하는 이유를 찾을 수도 있다.

넷째는 구입 시기를 늦추는 것이다. 당장 필요한 물건이 아니라면 일주일 혹은 한 달 이후에 사겠다고 마음을 먹고 구입을 미루는 것이다. 그러면 대개 그것이 나에게 꼭 필요한 물건인지 아닌지가 명확해지기 때문이다. 경험상 구입 시기를 늦추는 것만으로도 상당한 소비의 절약을 하게 될 것이라 확신한다.

그밖에 지갑을 가볍게 한다든가 지출을 통제하기 위해 미리 계획된 금융상품에 먼저 지출하는 구조를 갖는 것도 좋은 방법이라 할 수 있다. 그러나 충동을 억제할 수 있는 유일한 방법은 자기단련이다. 단련 없이는 예산도 아무런 도움이 되지 못한다.

중독으로 이끄는 충동이 가져 올 엄청난 파장을 간과하지 말고 기도하며 끊기를 결단하는 노력이 필요하다. 이것은 바로 자기와의 싸움이기 때문이다. 베드로후서 2장 19절에서는 "누구든지 진 자는 이긴 자의 종이 됨이라"고 말씀하고 있다.

세 번째, 늘어나는 부채에 대하여 느끼는 감각의 상실이다.

서울에서 1년 정도 평범하게 직장생활하고 있는 30대 샐러리맨 이근 수 씨는 급하게 약간의 쓸 돈이 필요해 은행을 찾았지만 직장 근무 기간이 짧다는 것과 과거 신용카드 연체 기록이 한두 건 있다는 이유로 거절당하고 결국 소비자 금융(일반사채업자)업체 두 곳에서 신용대출로 400만 원을 받았다.

이 후 매월 급여일에 32만 원을 상환해 가며 몇 개월을 보냈는데 생활비와 교통비, 용돈 등 그의 작은 급여로는 항상 부족해 또다시 350만 원을 같은 곳에서 빌렸다. 상환해야 할 상환액이 50만 원으로 불어나 가계가 불안했지만 여전히 부족한 금액은 채워지지가 않았다.

그 와중에 아이가 태어났고 병원비가 필요해 또 돈을 빌렸고 얼마 지나지 않아 일순간 늘어나버린 부채에 대하여 돈을 갚을 수 없다는 무력감에 자살을 생각하기에 이르렀다.

팔팔 끓는 뜨거운 물에 개구리를 집어넣으면 개구리는 그곳을 뛰쳐나오기 위해 사력을 다하지만, 상온의 물에 개구리를 넣고 온도를 서서히 올리면 개구리는 변하는 온도를 감지하지 못하고 결국 죽어가게 된다. 서서히 옥죄어 오는 죽음에 이르는 온도의 변화를 불감증에 걸린 개구리가 알아차리지 못한 것이다.

태풍의 눈 속에 앉아 있는 고요는 언제든 위험한 상태를 예고하듯 남에게 빌린 돈에 대하여 이 정도 쯤이야 하며 간과하고 살아가는 빚에 대한 무감각은 평생 부채라는 늪에서 헤어 나오지 못하게 하고 노예상태로 전락시킨다.

모건스탠리(Morganstanley)의 부채분석보고서는 부채의 위험성을 판

단할 수 있는 좋은 근거를 제공하고 있다.

구분	내용
부채의 한도	부채 상환부담의 정도에 따라 결정
부채상환부담의 적절성	소득의 변동성과 금리 수준에 의해 결정 (소득증가율과 이자율)
부채의 위험성	소비증가율이 소득증가율을 추월하면 가계재정은 위험
부채의 기간	가계신용도가 낮아지면 부채는 단기화 되고 위험도는 커짐

특히 자동차나 집을 마련하면서 많은 사람은 금융기관(캐피탈 회사)의 대출 프로그램을 이용한다. 또 정수기나 공기청정기를 사용할 때에도 당장의 자금 부담이 없고 필터(Filter) 교환과 청소 등을 일정하게 관리받을 수 있다는 편리함에 빌려서(Rental) 쓰곤 한다.

그러나 이때 지불해야 할 이자의 전체 금액을 실제로 계산해 보는 사람은 그렇게 많지가 않다. 어떤 경우 대출 원금보다도 더 많은 이자를 비용으로 지불해야 한다.

무이자 할부라고 할지라도 결국은 남의 돈을 빌려서 내 돈처럼 비용을 지불한 사실에는 변함이 없고 조용히 늘어가는 부채에 웃음 지을 수 있는 날 수는 그리 많지 않을 것이다.

[주택담보 대출 상환의 예]

납입횟수	대출잔액	월대출상환금	이자 원금	납입이자누계
1회(00년)	100,000,000	599,551	500,000 99,551	500,000
60회(05년)	93,187,968	599,551	465,940 133,611	29,027,388
120회(10년)	83,865,946	599,551	419,330 180,221	55,631,788
180회(15년)	71,291,935	599,551	356,460 243,091	78,967,939
240회(20년)	33,611,111	599,551	271,657 327,893	97,895,712
300회(25년)	16,944,444	599,551	157,272 442,279	110,877,245
360회(30년)	277,778	599,551	2,983 596,568	115,838,189

네 번째, 보증을 서 준 사람의 파산으로 빚이 늘어난다.

성경은 보증에 대하여 다음과 같이 말씀한다.

"내 아들아 네가 만일 이웃을 위하여 담보하며 타인을 위하여 보증하였으면 네 입의 말로 네가 얽혔으며 네 입의 말로 인하여 잡히게 되었느니라 내 아들아 네가 네 이웃의 손에 빠졌은즉 이같이 하라 너는 곧 가서 겸손히 네 이웃에게 간구하여 스스로 구원하되 네 눈을 잠들게 하지 말며 눈꺼풀을 감기게 하지 말고 노루가 사냥꾼의 손에서 벗어나는 것 같이, 새가 그물 치는 자의 손에서 벗어나는 것 같이 스스로 구원하라"(잠 6:1~5)

보증이란 자금을 필요로 하는 다른 사람을 위해 나의 신용이나 부동산을 담보로 만약에 지정된 변제 기일을 어겼을 시 대신하여 빚을 갚아 주겠다는 일종의 각서이다. 바꾸어 말하면 보증을 서 준 사람은 채권자의 입장에서 다른 사람과 다를 바 없는 채무자인 셈이다.

거절하기 어려운 가족이나 친구 혹은 같은 교회 지체가 보증을 요구할 때 많은 경우 갈등을 하게 된다. 그러나 성경에서는 보증에 대하여 단호하다. 보증은 지혜 없는 자의 어리석은 행동이며, 만약에 보증을 섰을 경우 예의 주시하고 있다가 노루가 사냥꾼의 손에서 벗어나는 것 같이, 새가 그물 치는 자의 손에서 벗어나는 것 같이 스스로 구원하라고 말씀하고 있다.

한 순간 관계의 금이 갈 것을 우려하고 서 준 보증은 평생을 후회하게 될 부메랑으로 반드시 돌아온다. 가지고 있는 돈이 많아서 꾸어 준 돈을 다시 받지 못해도 괜찮을 만큼의 자신이 없다면 보증은 반드시 피하는 것이 옳다.

"지혜 없는 자는 남의 손을 잡고 그의 이웃 앞에서 보증이 되느니라" (잠 17:18)

다섯 번째, 자기의 경제력을 지나치게 믿고 의지하기 때문이다.

자신의 재정 능력을 초과하는 지나친 물건 구입이나 사업에 대한 투자를 하지 말아야 한다. 앞으로 곧 월급이 인상될 것이라든지, 또는 경기회복과 함께 매출이 늘어날 것이라는 막연한 기대를 믿고 머지않아 재정적으로 속박 당할 값비싼 물건이나 힘겨운 투자를 하는 사이 많은 부채를 안게 되는 경우가 많다. 일확천금의 대박 환상을 꿈꾸는 사람들은 부채의 유혹을 이기지 못한다.

그러나 기대하는 월등한 수익률이나 낙관하는 경기는 높은 위험을 항상 내재하고 있다. 그래서 가장 안전하고 확실한 방법은 우리의 욕심과 욕망을 가혹할 정도로 포기하는 것뿐이다. 절대로 자신의 능력을 과대평가하지 말아야 한다.

경제적인 능력을 과신하는 사람들을 향해 하나님은 누가복음 14장 28절에서 "너희 중의 누가 망대를 세우고자 할진대 자기의 가진 것이 준공하기까지에 족할는지 먼저 앉아 그 비용을 계산하지 아니하겠느냐"라고 말씀하고 있다.

분명한 믿음이나 계획도 없이 일시적인 감정이나 충동에 의하여 빚을 지면서까지 무리하게 하나님의 일을 하려는 태도는 비성경적이며 매우 위험한 행동이다.

만약 주님의 영광을 위하여 시작한 이 일을 하나님께서 도와주시거나 책임지지 않으실 경우 하나님의 이름이 욕되게 된다면서 하나님을 위협하듯 매달리는 태도는 거룩하신 하나님을 시험하고 조롱하는 비신앙적인 태도이다.

이럴 때 돈을 빌려라

다만 다음의 조건에 모두 해당이 된다면 돈을 빌리는 것에 대하여 용납할 수 있다.

첫째는 돈을 빌려서 구입한 주택이나 물건 또는 투자한 대상의 가격이 오를 가능성이 있을 때 혹은 잠재적 이익을 기대할 수 있을 때이다. 환금성이 있는지, 어느 정도의 예측 가능한 미래의 이익을 확보할 수 있는지, 기회비용과 각종의 세금을 포함한 이자와 여러 항목의 비용을 제하고서도 돈을 빌릴만한 가치가 있는지 반드시 검토해 보아야 한다.

그리고 무엇보다도 중요한 것은 돈을 빌리므로 인하여 지출되는 이자(혹은 원리금)가 매월의 현금흐름상 과도한 상환금액이 되지 않을 때이다. 주택담보대출의 경우 일반적으로 월 상환액이 소득의 30%를 넘지 않는 것이 좋다고 본다. 만약 40%를 초과할 경우 심각한 유동성의 문제를 야기시킬 수 있기 때문이다.

만약 맞벌이를 하는 가정이라면 반드시 외벌이를 가정한 상태에서의 현금흐름을 살펴야 한다. 그러나 이러한 경우를 모두 만족하여 돈을 빌렸다 할지라도 빌린 돈은 구체적인 계획을 세워 빠른 시일 안에 갚아나가야 한다.

빚은 반드시 갚아야 되나?

2006년 7월 30일 대법원에 따르면, 개인파산 신청자 수는 4만 9,581명으로 2005년 같은 기간 1만 3,900여 명보다 3.6배 늘었다고 발표했다.

2002년 1,335명, 2003년 3,856명, 2004년 1만 2,317명, 2005년 3만 8,773

명에 비하면 올 들어 큰 폭의 증가세를 보이고 있는데 특히 2006년 4월에는 처음으로 월간 신청자 수가 1만 명을 돌파했고, 같은 해 말 한국은행이 발표한 보고서에서는 잠재적 파산자 규모를 36만~120만 명으로 추정한 바 있다.

그리고 전문가들에 의하면 이처럼 개인파산 신청이 늘어나는 이유는 2003년 초부터 본격화한 경기 침체가 장기화되면서 개인 소득이 거의 늘지 않는데다가 시중은행·저축은행 등 금융기관이 돈을 떼일 염려가 없는 담보대출에 집중하는 바람에 서민층이 대부업체와 사채업자들에게 높은 금리로 빌린 돈을 갚지 못해 빈곤층이 급증했기 때문이라는 분석이 많다.

빚을 진 개인채무자 구제제도에는 개인워크아웃, 개인회생제도, 개인파산제도 등이 있다. 이 중 개인워크아웃과 개인회생제도는 빚을 갚을 책임이 없어지는 개인파산제도와는 달리 채무자가 빚을 잘 갚을 수 있도록 채무금액이나 기간을 조정해 주는 제도이다.

반면에 개인파산제도란 돈이 없어 은행·카드사 등 금융기관에 진 빚을 갚을 수 없는 사람이 법원에 파산 신고를 해서 받아들여질 경우 빚을 갚지 않아도 되는 서민구제 제도를 말한다. 우리나라에서는 누구나 빌린 돈을 도저히 갚기 힘든 상황에 처하면 개인파산을 신청할 수 있다. 파산신청은 법원에 하는데 법원이 지급불능의 원인, 재산은닉 여부 및 채권자의 의견 등을 감안하여 신청사유가 적합하다고 인정하면 신청인에 대해 파산선고를 하게 된다.

이 경우 파산선고를 받은 사람은 채무 탕감을 통해 빚으로부터 벗어날 수 있는 길이 열리지만 구직활동과 금융거래에 불이익이 따른다. 파산선고를 받은 채무자는 다시 채무면책을 신청하고, 법원은 파산자가 의도적으로 빚을 안 갚은 것이 아닌지, 파산절차상의 의무를 성실히 이행했는지, 과거 10년 이내에 면책 판결을 받은 사실이 있는지 등을 심사해 면책여부를 최종 결정하게 된다.

이때 법원이 면책결정을 내리면 채무자는 빚을 갚을 의무가 없어지고 파산자의 신분에서도 벗어나게 되는데 이러한 일련의 과정을 개인파산 제도라고 한다.

그런데 성경에서는 빚을 갚지 않고 파산을 신청하는 경우에 대하여 다르게 말씀하신다.

국가가 개인의 파산상태를 방치할 경우 범죄 등 사회불안이 야기될 우려가 있고 갱생 의지가 있는 사람의 정상적인 경제활동 복귀를 돕는 것이 국가경제 발전에 더 낫다고 생각하기 때문에 빚을 갚지 못하는 사람들을 구제해 줘야 한다는 국가의 사회구조적 타당성과는 달리 남에게 빌린 돈을 갚지 않고 면책을 바라는 것 자체에 대하여 성경에서는 엄격하게 구분하고 경계한다.

그렇지 않은 경우도 있지만 그리스도인이 많은 빚을 지고 갚지 못할 상황에까지 이르게 된 과정을 살펴보면 합리적이고 계획적인 소비가 아닌 과도한 욕심과 이기심, 사치와 허영 때문에 오는 경우가 많다.

때로는 열심히 일해야 할 순간에 한탕주의에 빠져 남의 돈을 끌어와 엄청난 채무에 시달리는 사람도 있고 또 재산을 은닉하고 숨기며 파산을 신청하는 경우도 종종 있다.

그러나 그리스도인은 어떠한 경우에도 파산하는 방법을 선택해서는 안 된다는 원칙을 고수해야 한다. 심지어 상거래를 하다가 채권자들이 일부러 부도를 낸 경우에 채무자에게 대한 책임을 면할 수 있을지라도 그리스도인은 빚을 전부 갚아주어야 한다.

"악인은 꾸고 갚지 아니하나 의인은 은혜를 베풀고 주는도다"(시 37:21)

채권자들에게 솔직하게 자기의 처한 상황을 얘기해 주고 일정 기일 내에 갚겠다고 말해야 한다. 사실 하나님 앞에서 중요한 것은 지금 현재 빚을 졌느냐 지지 않았느냐 혹은 얼마의 빚이 있느냐의 문제가 아니라 그 사람의 바른 마음의 태도이고 빌린 것은 무엇이든지 갚아야 한다는 사실이다.

아무리 가망 없는 상황가운데 있다 할지라도 아무 해결책도 모색할 수 없는 극한 상황이란 없다. 하나님께 기도하며 특별한 도우심을 바라고 빚을 진 사람과 정직하고 진지한 채무상환에 관한 논의를 해야 한다.

단, 채권자가 채무자에게 파산을 요구하거나 나의 의도와는 무관하게 사업장의 부채가 강압적으로 전가되어 도무지 해결할 수 없는 상황에 이르렀을 때는 기도하면서 파산을 고려해도 괜찮다고 본다.

성공적인 빚 탈출법

남에게 갚아야 할 빚을 가진 무겁고 답답한 마음은 사람과의 관계뿐만 아니라 하나님과의 관계에 있어서도 단절되는 고통과 때로는 파괴를 가져 온다. 빚을 지고 있는 사람이 채권자로부터 당하는 빚 독촉 앞에서 교회를 떠나고 채무의 억압과 스트레스로 인해 신령한 예배생활을 방해받는 경우를 주변에서 부지기수로 찾아볼 수 있을 것이다.

어떤 문제 앞에서 문제 해결의 90%는 문제를 시인하는 데서 출발한다. 지금까지의 삶을 돌이켜 보며 왜 빚을 지게 되었는지와 나의 삶의 패턴과 방식들에서 허영과 지나친 욕심은 없었는지, 그리고 친구와 가족들 앞에서 감추고 싶은 현실 부정은 없었는지 진지하게 질문해 보아야 한다.

첫째, 부채를 갚기 위해서 먼저 하나님의 도우심을 구하는 기도를 하라.

빚 때문에 아이들을 빼앗길 위기 앞에서 엘리사에게 도움을 청했던 과부는 하나님의 초자연적인 역사로 모든 문제로부터 자유할 수 있게 되었다.

하나님께서는 빚의 노예가 아니라 풍성한 삶을 누리는 그분의 자녀들을 보기 원하신다. 오늘날에도 여러 사역 현장에서 하나님은 우리가 알지 못하는 하나님의 방법을 통해 공급하고 계신다. 그러나 원하시는 하나님의 때를 기다리지 못하고 조급한 나머지 부채를 갚기 위한 부채를 통해 문제를 해결하려는 태도는 자칫 성급한 나의 욕심으로 하나님의 역사를 방해하는 결과를 가져올 수 있다.

빚을 갚기 위해 고군분투하는 성실한 노력을 하나님께서 보시고 복을 주실 것을 기대하라.

둘째, 빚을 갚겠다는 목표를 세우고 주변 사람들에게 서약하라.

하버드대학을 졸업한 학생들 중에 구체적이고 뚜렷한 목표를 세우고 그것을 기록하여 실천한 사람 3%가 그렇지 않은 사람들보다 더 많은 성취를 했다고 한다.

그리고 동기부여의 달인인 브라이언 트레이시(Brian Tracy)도 성공하기 위해서 가장 필요한 것은 하나님이 주신 재능이나 상속받은 재산 혹은 박사 학위가 아니라 종이 위에 쓴 분명하고 뚜렷한 목표라고 말했다.

부채로부터 벗어나겠다는 단호한 의지를 여러 증인들 앞에서 천명함으로써 이 약속을 실행하고 문제를 해결하는데 큰 도움을 받을 수 있을 것이다.

셋째, 부채 목록을 만들어 작은 빚부터 갚아가기 위한 계획을 세워라.

채권자별로 갚아야 할 부채 잔액과 정확한 이율이 기록된 부채목록을 만들어 어떠한 방법으로 언제까지 상환할 것인지를 결정하라.

월 상환액이 소득의 25% 정도 수준의 주택담보대출을 제외하고는 모든 빚을 청산하기 위한 계획을 구체적으로 세우는 것이 좋다. 만약 주택

담보대출로 인해 가정의 현금흐름에 큰 지장을 준다면 더 작은 집으로 이사하거나 아니면 임대(전세) 주택으로 옮기는 것도 고려의 대상이 될 수 있어야 한다. 자기 집을 갖는다는 것은 경제적 자신감과 함께 심리적 안정감을 주지만 준비가 안 된 상태에서의 집장만은 저주로 다가올 수도 있다.

빚을 갚을 때는 이율이 높은 것부터 그리고 중도 상환수수료를 고려하여 별도의 수수료가 없는 한 작은 액수의 빚을 갚아 나가는 것이 빚 상환의 진행상 용기와 희망을 가질 수 있고 성취감으로 인한 자극이 더해질 것이다.

빚을 갚기 위해 은행에 적금을 불입하고 위험성이 큰 상품에 투자하거나 적당한 운을 바라는 로또에 돈을 쓰는 어리석은 행동을 제발 하지 않기를 바란다.

[부채목록]

용도	채권자(기관)	부채총액	이율(%)	월상환액	부채잔액	만기일	상환방법

많은 사람은 자신들이 무엇을 빚지고 있는지 정확하게 알지 못한다. 부채목록은 현재 당신의 빚과 각각의 부채 기간을 정리하는데 도움을

준다.

넷째, 지출습관을 바꿔라.

수입 범위 내에서만 지출하고 반드시 예산에 의한 소비습관을 실천해야 한다.

현재의 삶의 질을 높이기 위한 곳(Desire)보다는 꼭 필요한 곳(Need)에 돈을 쓰고 나머지는 부채를 갚겠다는 각오를 하는 것이 좋다. 빚을 모두 갚기 전까지 외식비와 생활비를 줄이고 체면을 생각한 경조사비도 과감하게 포기할 수 있어야 한다.

그리고 가지고 있는 신용카드를 잘라버리는 용기를 발휘하라. 신용카드를 사용한다는 것은 남의 돈을 일시적으로 빌려다가 사용하는 것이다.

달콤하게 속삭이는 6개월 무이자 할부나 당월 결재 금액의 3%만 결재해도 된다는 리볼빙 제도에 더 이상 현혹되지 않기를 바란다. 어느 한 통계에 의하면 할부 계약의 88%가 채무로 이어진다고 한다. 한마디 덧붙이자면 이 세상에 카드 소득공제나 신용카드 적립 포인트로 부자가 된 사람은 단 한 명도 없었다.

미국 '포브스' 잡지가 선정하는 400대 기업인 리스트 가운데 75%는 부채 없이 부를 일구어 낸 사람들이다.

다섯째, 부지런히 일하고 수입을 늘려라.

일반적으로 소비는 수입을 초과하는 경향이 있다. 더구나 부채가 있는 상황에서 현재의 수입만으로는 상환이 어렵거나 더 큰 재정적 위기에 직면하게 되었다면 이전보다 더 열심히 추가로 일하라. 그래서 가능한 한 소득을 늘려야 한다. 지금 당장의 어렵고 고통스러운 일을 감내하며 부지런히 일하는 사람만이 빚의 굴레에서 자유할 수 있다.

"좀 더 자자, 좀 더 졸자, 손을 모으고 좀 더 누워 있자 하면 네 빈궁이 강도 같이 오며 네 곤핍이 군사 같이 이르리라"(잠 6:10~11) 게으른 사람은 결코 계획한 일을 끝낼 수가 없고 부유한 삶을 꿈꿀 수 없다.

그러나 이로 인해 장시간 가족들과 떨어져 지낸다거나 대화를 소홀히 해 관계를 더욱 악화시켜서는 안 된다는 점을 알아야 한다.

마지막으로, 가지고 있는 물건을 팔아라.

빠른 시일 내에 부채에서 벗어나고 싶지만 여기에는 엄연히 물리적인 시간이 필요하다. 그러나 부채를 갚아 나가는 동안 시간에 대한 정신적, 육체적 고통과 아픔을 인내하기란 좀처럼 쉬운 일이 아니다. 속도가 더디고 중간에 포기하고 싶은 생각이 불현듯 들 수도 있다. 부채 갚기에 병목현상이 나타나는 것이다.

이럴 때는 현재 소유하고 있는 물건 등을 내다 팔아 자신을 자극하고 성취감을 맛보게 하는 것도 빚을 갚아 나가는 과정 중의 한 방법이 된다.

5장

제자리 원리

돈의 바른 위치를 찾다

성경이 이끄는 부유한 청지기를 꿈꾸다 _ 하나님의 단골은행

"너의 행사를 여호와께 맡기라 그리하면 네가 경영하는 것이 이루어지리라"(잠 16:3)

"네 양 떼의 형편을 부지런히 살피며 네 소 떼에게 마음을 두라
대저 재물은 영원히 있지 못하나니 면류관이 어찌 대대에 있으랴"(잠 27:23~24)

제자리 원리 _ 돈의 바른 위치를 찾다

왜 돈의 제자리를 찾아주어야 할까?

에스키모인들은 식량인 늑대를 사냥할 때 그들만의 특별한 방법을 사용한다고 한다. 우선 날카롭게 날이 선 칼에 동물의 피를 묻혀 그대로 얼린다. 그리고 다시 거기에 동물의 피를 덧입히고… 이러기를 반복하다 보면 칼은 핏덩어리에 완전히 묻히게 되고, 그 크기는 소년의 머리만해진다. 에스키모인들은 이것을 늑대가 지나다니는 길목에 세워둔다.

그리고 잠시 후 늑대는 피 냄새를 맡고 어느새 그곳을 찾아와 핥아먹기 시작한다. 하지만 그것은 피를 얼린 얼음덩어리여서 늑대는 금세 혀가 얼어버려 아무런 감각도 느끼지 못하게 되고 계속 그것을 핥다보면 시퍼렇게 날이 선 칼이 드러나게 되는데, 늑대들은 자기 혀가 칼에 베이는지도 모르고 계속 그 칼을 핥게 되는 것이다.

그러다 보면 칼에 베인 혀에서는 피가 계속 흐르게 되고 늑대는 그것이 자기의 피인지도 모르고 계속해서 핥아먹다가 결국에는 피를 너무 많이 흘려 그 자리에 쓰러져 죽게 된다.

여기에 등장하는 늑대는 오늘날 베풀 줄 모르고 자기만족과 소비습관의 통제 없이 무분별하게 물질이 주는 공허한 신기루를 쫓다가 자기도 모르게 신용불량과 파산의 길로 들어서는 현대인들의 초상(肖像)과도 같다.

소비는 곧 습관의 문제이다. 자기 수입과 분수를 넘어 선 과도한 지출습관은 늑대처럼 감각을 잃어버린 소비행태를 낳게 된다.

크리스천의 소비습관은 올바르게 계획된 예산수립에서 비롯되어야 한다. 왜냐하면 하나님께서는 온 우주 안에 있는 모든 것들이 당신이 명령하신대로 그 궤도를 따라 조화롭게 움직이듯 우리 삶의 재정 분야에 있어서도 질서정연하게 스스로 관리하기를 원하시기 때문이다.

사후 가계부를 작성하고 카드전표를 관리하는 등의 작업 이전에 시행되어야 할 과정이 곧 예산 수립이다. 예산 수립이란 재무목표를 설정하고 돈을 어디에 어떻게 쓰겠다고 꼬리표를 다는 행위이다.

그래서 이것은 미래에 예상되는 수입과 지출을 추정하여 가계의 비효율적인 소비행태를 개선하고 저축과 투자를 증가시켜 재무목표를 달성하는데 필요한 유용한 도구이자 돈을 잘 길들일 수 있는 채찍과도 같다.

현재의 재무구조를 분석, 평가하고 재무구조와 지출구조의 경직성을 탈피하기 위해서는 반드시 예산 수립을 해 봐야 한다. 예산을 수립하면 낭비적이고 비효율적인 소비행태를 개선하고 잠재적인 재무문제를 사전에 수습하며 적당한 대안을 마련할 수 있게 된다. 또한 당장의 큰 지출 규모나 구입의 시기에 대해 한 번 더 심사숙고해 결정하도록 하는 통제성을 가질 수 있다.

그래서 예산을 세우는 것은 경영대학원에 가서 열심히 공부해 받은 금융학 석사학위보다 더 많은 희망과 통제력을 제공해 줄 수 있다.

존 맥스웰(John Maxwell)은 예산 세우기에 대해 돈이 다 없어져 버린 뒤에 어디로 갔나 의아해 하는 대신 돈에게 어디로 가라고 명령하는 일이라고 했다.

대한상공회의소의 조사에 의하면 2005년 저축 감소의 가장 큰 원인은 교육비 부담(37.2%)이었다. 또 LG경제 연구소가 내놓은 자료에 의하면 고소득자는 교육비(13.3%) 지출이 가장 많았고, 저소득층은 주거비(19.7%)와 식료품비(17.8%)의 경직성 지출이 가장 많은 것으로 나타났다.

소비는 소득에 따라 자연스럽게 증가하는 것이 일반적이지만 실직 혹은 맞벌이에서 외벌이로의 전환 등으로 인해 소득이 갑자기 줄게 될 때 소비는 쉽게 줄이기가 어렵다. 특히 사교육비, 금융비용 같은 고정 지출은 급격한 소득감소시 배가의 고통을 안겨 준다.

예산 수립은 이와 같은 위험한 상황을 사전에 피할 수 있는 길을 제공한다. 미래의 현금흐름 예측을 통해 고정지출 항목을 최대한 줄이는 노력을 할 수 있게 해주기 때문이다.

그 다음으로는 자신이 행한 소비가 어떤 결과를 가져오는지 예상해 볼 수 있을 뿐만 아니라 재무목표를 달성하기 위해 미리 짜여진 예산안에서 소비하게끔 동기부여를 할 수도 있다.

그러나 여기서 한 가지 주의해야 할 사실은 예산안을 갖는다고 해서 모두가 다 부유해진다거나, 단지 돈을 더 벌기 위한 목적으로 예산 수립을 해서는 안 된다는 사실이다. 모든 소유뿐만 아니라 주권까지도 하나님께 속해 있다는 것을 우리는 알아야 하며, 하나님께서는 우리의 삶의 더 나은 필요를 위해 때로는 우리의 재정을 힘들게 할 수도 있고 손해를 보게도 할 수 있다는 것을 알아야 한다.

그래서 우리는 사도 바울이 빌립보서 4장 12~13절에서 고백한 것처럼 어떠한 비천과 풍부에도 내게 능력 주시는 자 안에서 넉넉하게 잘 살 수 있는 일체의 비결을 배웠다는 관점이 필요한 것이다.

'돈 제자리 찾아주기' 가 주는 유익

열심히 경제활동을 하는 두 가정이 있었다. 김 씨 가정은 월 300만 원을 벌어 270만 원을 다 소비하고 30만 원을 저축하는데 반해, 다른 이 씨 가정은 월 250만 원을 벌어 170만 원을 소비하고 80만 원을 저축하였다.

그런데 이 두 가정의 소비에 대한 만족도를 조사 해 본 결과 크게 차이가 없었다. 김 씨의 가정이 후자보다 100만 원을 더 소비하였지만 단순 소비성 지출에서 차이 나는 경우가 대부분이었기 때문에 결과적으로 100만 원을 더 쓰고도 여유 있고 행복해지는 게 아니라 그냥 한마디로 돈이 새 나가고 있었다라고 볼 수 있다.

그런데 그 상태로 두 가정이 5년이 지났다고 하면 아무래도 이 씨네는 김 씨네보다 더 많은 여유 자금으로 미래설계를 달리 할 수 있고 또 5년이 더 지나면 살아가는 현실도 조금 덜 벌었음에도 더 풍족하고 여유 있어 질 수밖에 없다. 더군다나 그 저축플랜이 굉장히 과학적이고 효과적이었다면, 더 이상 말할 나위 없을 것이다.

몇 십 만원 덜 쓴다고 더 힘들어지진 않는다. 반대로 몇 십 만원 더 쓴다고 더 풍요롭거나 행복해 지지도 않는다. 근본적으로 재무 상태가 건전해져야만 마음의 여유가 생기고 미래를 설계하고 하나하나 실현해 나가면서 그 재미로 행복해 지는 것이다.

오늘날 많은 크리스천이 재정적인 어려움으로 힘들어하고 있다. 물론 그 책임은 전적으로 재정관리를 잘하지 못한 개인에게 있지만 바른 가치관과 물질관, 직업관을 가르치고 심어주지 못한 교회에도 일면 책임이 있다.

만약 필요한 순간에 돈을 융통할 수 없게 된다면 그리스도인이 느끼는 경제적 긴박감은 비그리스도인들과는 사뭇 다를 것이다. 삶 전체가 수입을 창출하기 위해 더 많은 시간을 소비하게 되고 정신적, 육체적 고통을 맛봐야 한다.

하나님을 더욱 의지해야 하지만 마음 문은 닫히고 하나님 앞에 나오기란 더 어려워진다. 그래서 더욱 민감하게 준비를 할 필요가 있다. 더 세밀하게 인생을 살펴보고 준비해야 한다. 잘 먹고 잘 살기만을 위함이 아니라 하나님이 주시는 물질을 통해 나에게 부탁한 일을 성취해 나가기 위함이기 때문이다. 그 결과로 내가 은퇴할 즈음에 "정신없이 살다보니 늙고 남은 것은 시간밖에 없다"라는 현실이 아니라 보다 풍요롭게 은퇴를 맞이할 수 있게 될 것이다.

경제 전문잡지 '포브스코리아'가 최근 전국의 19세 이상 남녀 1,000명에게 "부자가 되려면 얼마나 많은 재산을 가져야 한다고 생각하는가?"라고 물었는데, 그 중 많은 사람이 재산은 89억 원, 연 평균 소득은 5억 4,000만 원, 월 평균 지출은 1,200만 원이라고 답했다.

그러나 나는 '부자'에 대해서 정의하기를, "돈이 필요할 때 필요한 만큼 가지고 있는 사람이다"라고 말하고 싶다.

누구나 행복한 삶을 꿈꾸지만 그것을 실현하는 사람은 그리 많지 않다. 제대로 된 준비 없이 욕심이 앞섰기 때문이다.

돈 제자리 찾아주기

"집은 지혜로 말미암아 건축되고 명철로 말미암아 견고하게 되며 또 방들은 지식으로 말미암아 각종 귀하고 아름다운 보배로 채우게 되느니라"(잠 24:3~4)

재정을 설계하고 예산안을 갖는 노력은 남편과 아내와 자녀들과의 대화를 풍성하게 하고 효과적인 지출 통제로 부채에서 해방시켜 많은 돈을 저축할 수 있게 해 줄 것이다.

1단계, 하나님께서 나와 나의 가정에 주신 꿈과 비전을 설계하라.

먼저 지금의 나와 나의 가족의 나이를 기록해 보고 남은 생애 동안 하나님과 많은 사람들 앞에서 이루어야 할 우선순위를 정하고 가장 소중하고 가치 있게 생각하는 일들을 나열해 본다.

이것은 신앙과 가치관과 철학이 묻어 있고 현재 나의 재무 상태가 오래전에 내가 고민하며 내린 선택의 결정들로 만들어진 결과물인 것처럼 목표를 이루기 위해 오랫동안 치열한 자기와의 싸움을 준비해야 하는 매우 중요한 과정이다.

그리고 구체적으로 결혼자금이나 내 집 마련, 자녀 교육비, 노후자금 등을 마련할 수 있는 구체적이고 현실 가능한 방법들을 동원하여 목표를 설정한다.

▶ 재무목표 설정

우선순위	재무목표	기도제목	시점(때)	구분(단기, 장기)
1				
2				
3				
4				
5				
6				

2단계, 지금의 나의 위치를 확인하는 일이다.

형편이 어려울수록 가계를 들여다보는 것이 고통스럽고 창피스러운 일이겠지만, 선수가 출발선이 어디인지 알지 못하고 경주에 우승을 애기한다는 것은 어려운 일이듯 반드시 현재 자신의 자산과 부채, 그리고 매달 현금흐름을 파악하고 진단해 주어야 한다.

이렇게 나의 위치를 확인해 보면 나의 순자산이 얼마인지, 빚이 얼마나 되는지, 지출 구조가 적절한지, 나도 모르게 새는 돈은 없는지 한 눈에 알 수 있다.

▶ **재정현황**

자산현황			부채현황		
금융자산	현금(예금)		개인부채	신용차입	
	주식과 채권			주택담보	
	저축성보험			자동차할부	
비금융자산	토 지			교육자금	
	주 택			신용카드	
	자 동 차			임대보증금	
	임차보증금			친인척차입	
	대 여 금		빚보증		
	기 타		사업상부채		
사업자산					
기타자산					
자산총계			부채총계		

순자산(자산−부채) =	원

▶ 현금흐름

	항목	수입	배분(%)
본인소득	근로소득		
	사업소득		
	임대소득		
	이자소득		
배우자소득	근로소득		
	사업소득		
	임대소득		
	이자소득		
합계			

	항목	지출	배분(%)
우선지출	십일조		
	기타헌금		
	기부금		
	부모님용돈		
정기지출	관리비		
	전기요금		
	가스요금		
	통신요금		
	주거생활비		
	교육비		
	보험비		
	저축과투자		
	세금		
비정기지출	외식비		
	의류비		
	의료비		
	문화생활비		
	차량유지비		
	경조사비		
	세금		
	용돈		
	부채상환		
남은돈			
합 계			100%

투자처	상품명	매월납입액	현재적립금	시작일	만기일	투자용도	기타

▶ 부채현황

용도	채권자(기관)	부채총액	이율(%)	월상환액	부채잔액	만기일	상환방법

3단계, 구체적으로 실행하는 계획을 세우는 단계이다.

재무목표를 수립하고 자신의 위치를 확인하여 현재의 재정상황에 대한 충분한 분석이 되었다면 이제는 구체적으로 실행하기 위한 계획을 세운다.

다시 말해 자신의 재무목표, 재무상황, 그리고 투자성향과 환경에 맞는 자기만의 포트폴리오를 구성하고 계획하는 것이다. 특히 이때 재무구조의 안정성과 건전성을 확인해 보아야 하는데, 갑작스러운 실직이나 사고, 질병 등으로 더 이상 경제활동은 고사하고 꽤 큰 목돈이 필요로 할 때를 대비한 돈이 확보되어 있는지와 저축과 투자의 규모가 적절한지, 투자 수익은 담보하고 있는지 등이다.

[개인 재무구조의 평가]

구분	항목	기준
안정성	부채와 보증 비율	자산의 50% 이내
	비상 시 여유자금	최소 6개월분의 생활비
	위험관리(사망 시)	연 소득의 4배 정도 건전성
건전성	저축과 투자비중	최소 20% 이상
	베푸는 생활	최소 10% 이상
	투자자산의 수익률	6~8%

돈의 제자리를 찾기 위한 재무계획을 세우는 것은 인생이라는 항로의 항해계획을 세우는 것과 같다. 그래서 목적지에 이르기까지 치밀하게 항해계획을 세우고 암초를 피해 조수와 풍향에 따라 진로를 조정하여 예기치 않은 악천후에도 적절히 대처할 수 있도록 준비하는 노력이 필요하다.

6장

곳간의 원리

구하는 자에게 넉넉히 주신다

"일곱에게나 여덟에게 나눠 줄지어다
무슨 재앙이 땅에 임할는지 네가 알지 못함이니라"(전 11:2)

"네 일을 밖에서 다스리며 너를 위하여 밭에서 준비하고
그 후에 네 집을 세울지니라"(잠 24:27)

"지혜 있는 자의 집에는 귀한 보배와 기름이 있으나
미련한 자는 이것을 다 삼켜 버리느니라"(잠 21:20)

"…그 주인이 이르되 잘하였도다 착하고 충성된 종아 네가 적은 일에 충성하였으매
내가 많은 것을 네게 맡기리니 네 주인의 즐거움에 참여할지어다…"(마 25:14~30)

곳간의 원리 _ 구하는 자에게 넉넉히 주신다

크리스천의 투자, 성경적인가?

투자란 더 큰 돈을 만들려는 목적으로 금융상품이나 기업의 자산, 부동산 등에 돈을 맡겨 이익을 내는 행위를 의미한다. 특히 저 성장 저 금리 상황 하에서 돈을 은행에 맡기고 적은 이자를 받아가는 것보다는 약간의 위험을 감수하고 지혜롭게 투자하면 더 많은 이익을 남길 수 있다.

크리스천의 투자에 대해서는 아직까지도 잘못된 선입견과 부정적인 이미지가 지배적인 것 같다. 심지어 주식에 투자한 사람들을 향해 경건치 못하다고 야유한다.

그러나 그것은 '투자' 와 '투기' 의 오해일 수 있다. 똑같은 돈을 투자하지만 어떤 경우에는 '투자' 가 되기도 하고 또 어떤 경우에는 '투기' 가 되기도 한다.

경제학자 케인즈(John Maynard Keynes)는 "투자자는 특정자산의 미래와 수익에 대한 전망을 바탕으로 자산을 매수하는 사람이고, 투기자는 시장에 참여하는 사람들의 심리변화를 바탕으로 자산을 매수하는 사람이다"라고 말했다.

이것이 '투자'인지 '투기'인지 알기 위해서는 어떠한 상품에 투자하여 '돈'을 벌고자 하는 그 이면에 있는 마음상태를 점검해 보면 금방 진단할 수 있다.

투기는 남을 곤경에 빠뜨리고 다른 사람의 손실 속에 나의 이익을 보장 받는 제로섬 게임(Zero Sum Game)으로 크리스천이 해서는 안 되는 것이지만, 건전한 투자는 국가라는 거대한 경제 공동체를 건강하게 살찌우는 유익한 필요라는 관점에서 적극 권장해야 한다.

하나님께서 주신 자원과 재물을 가지고 투자자와 근로자, 생산자가 의로운 목적으로 금전적 이익을 나누어 갖는 것은 성경적이다. 그러므로 크리스천은 올바른 사회에 공헌하고 인류를 위하는 정직한 기업에 투자함으로써 발전을 유도하고 하나님 나라의 확장을 도모해야 한다.

예수님도 마태복음 25장에서 달란트 비유를 통해 종들에게 맡기신 재산을 잘 관리하고 더 나아가 투자하여 이익을 남긴 종들을 칭찬하셨다. 종들을 향한 주인의 평가는 한편으로 지나치다고 생각할 만큼 가혹하다.

다만 크리스천은 금융시장에서 투자를 결정하는데 있어 청지기 윤리의식을 가져야 한다. 시장적 기제에 의한 최고의 수익성만을 추구한 나머지 이윤이 만들어지는 과정에서 부당행위를 하거나 우리의 필요를 공급하시는 하나님의 섭리를 믿지 않고 선물이나 옵션거래 같이 미래의 과도한 수익을 쫓는 것은 바람직하지 않다(그렇다고 선물이나 옵션이 무조건 부당한 방법의 투자라는 얘기는 아니다).

중요한 것은 왜 돈을 벌고자 하는지, 돈을 어떻게 벌 것인지, 그리고 그 돈을 어디에 쓸 것인지를 성경적 시각으로 조명해 보아야 한다는 것이다. 마태복음 6장 21절에는 "네 보물 있는 그곳에는 네 마음도 있느니라"고 말씀하신다.

우리가 만약 저축하고 투자하는 일에만 관심을 집중한다면 분명 소유물에 대한 집착은 더욱 커질 것이고 하나님과 관계는 멀어지게 될 것이다.

우리는 하나님을 예배하고 예수 그리스도의 지상명령 성취를 돕기 위하여, 그리고 이 땅에 나에게 맡겨 주신 가족을 잘 부양하기 위하여 재정적으로 풍족한 여유를 가져야 한다. 그래서 겸손하고 정직한 마음으로 하나님의 도우심을 구하면서 저축하고 투자해야 한다.

그러면서 우리는 모든 만물의 소유주이신 하나님을 영화롭게 하는 일에 동참할 수 있고 초자연적으로 일하시는 하나님의 역사를 경험하게 될 것이다.

텃밭을 주목하라!

누가복음 8장에는 환경에 의해 하나님의 말씀이 어떻게 결실을 맺는

지 비유가 나온다.

길가나 바위 위나 혹은 가시덤불 위에 떨어진 말씀의 씨앗은 마귀가 와서 빼앗아 가고 뿌리를 내리지 못하며 재물에 대한 염려와 인생의 향락에 사로잡혀 열매를 맺지 못한다. 그러나 좋은 땅에 떨어진 하나님의 말씀은 정직하고 선한 마음으로 말씀을 굳게 지켜 좋은 열매를 맺게 된다.

그래서 지금 우리가 살고 있는 밭을 주목하여 살피고 좋은 땅으로 기경(起耕)하는 일은 추수할 열매를 위하여 대단히 중요한 일이다. 투자에 있어서도 마찬가지로 투자환경을 정확하게 알고 큰 흐름을 이해하는 것이 필요하다.

2010년이 되면 우리나라 65세 이상의 노인인구 비율은 11%가 되고, 2020년에는 15.6%로 높아지며, 2026년에는 20.8%가 될 것으로 통계청이 전망했다. 이것은 의학기술의 발달로 얻어진 수명 연장의 꿈이 현실화되고 있음을 말한다.

우리나라의 평균 수명은 현재의 78.5세에서 조만간 80세를 넘어 설 것이고, 약 20년 후에는 5명 중 1명이 65세 이상 노인이고 그 인구는 약 1,000만 명이 될 것이다. 그러나 이처럼 장수한다는 것이 준비하지 않으면 복이 아니고 재앙으로 다가올 수 있다.

통계에 의하면 현대인은 마지막 11년 동안 평생 의료비의 대부분을 지출하고 사망한다고 하는데, 급속한 고령화는 인구 구성비의 변화를 가져올 것이고, 60세에 은퇴한다고 가정해도 최소 30년을 안정적인 수입 없이 '돈' 걱정하며 살아가야 하는 위험을 가져왔다.

그러나 급격한 출산율의 감소와 평균 수명의 증가, 그리고 베이비부머(Baby Boomer)의 고령화에 따른 인구 구성의 변화는 다른 한편으로 투자의 패러다임(Paradigm) 전환과 함께 새로운 투자 기회를 예측해 볼 수 있는 가늠자로도 활용이 가능하다.

특히 그 중에서도 1980년대 이후 경제활동의 중심부에 들어선 베이비붐(Baby Boom) 세대를 조명해 보는 일은 투자환경을 살피는데 있어 재미있고 의미 있는 일이다.

이들 세대는 당시 예비고사와 본고사를 역대 가장 높은 경쟁률로 치르고 대학교에 들어가 10.26과 5.18을 겪으며 휴교령과 시위운동으로 이어진 1980년대를 전후한 변혁기에 학창시절을 보냈고 병역의무를 치렀으며 대학을 졸업하고 결혼할 무렵에는 대규모 신도시(분당, 일산)가 세워져 내 집 마련을 통한 경제적인 독립을 이루어 냈다.

그러나 이것은 주택수요의 팽창을 가져왔고 내 집 마련을 하기 시작한 1990년부터 아파트를 중심으로 부동산 가격의 급격한 상승이 시작되었다.

그러다가 국제통화기금(IMF) 사태를 경험하고 평생직장의 방패막이 사라지면서 경제적 어려움에 노출되었다. 이제 좀 두 다리를 펴고 사는가 했는데 지금은 정리해고 대상 1순위가 되었고, 부모님은 열심히 봉양하고 있지만 후에 자식들의 부양은 받지 못할 1세대로 예상되고 있다.

또한 이들 세대는 과거에는 스스로에 대한 대단한 자부심을 가지고 우리 사회의 주축으로 자리매김 하였으나 은퇴를 10여년 앞둔 현재에 와서는 사회적으로 경제적으로 제대로 준비가 안 된 위축되어 있는 세대이기도 하다.

이들은 최근 들어서 노후 준비를 위해 건강과 자금을 준비하려는 장기적인 투자에 관심을 갖는 노력들이 보인다.

경제활동의 주축으로서 풍부한 자본을 가진 40~50대가 인구구조의 변화로 금융자산 시장과 부동산에서 움직이는 향방에 따라 자본은 이동할 것이다.

향후 10년을 기점으로 무리한 대출을 통해서라도 주택마련을 해야 하는지, 아니면 금융상품에 투자해야 하는지에 대한 해답을 이와 같은 흐름에서 찾을 수 있을 것이다.

그리고 과거에 은행을 통하여 얻을 수 있었던 높은 금리가 사라지고 저금리에 물가가 오르는 인플레이션(Inflation) 상황에서 예금통장의 돈은 시간이 흐를수록 무가치하게 될 것이다.

[시간의 경과에 따른 돈의 가치변화]

구분	기간	5%	8%
1억 투자 시	10년 후	162,889,463	215,892,500
	20년 후	265,329,771	466,095,714
월 100만원 투자 시	10년 후	155,282,279	182,946,035
	20년 후	411,033,669	589,020,416

따라서 투자를 고려할 때 물가 상승률 이상의 수익률이 예상되는 투

자처를 찾아야 저축하고도 최소한 손해 보는 일은 없을 것이다.

투자를 잘하기 위한 원리와 원칙

전도서 5장 14절에는 "투자를 잘못하여 재산을 날려 버리니, 그 아들에게는 한 푼도 돌아가지 않는다"(쉬운성경)는 말씀이 있다.

잘못된 투자로 많은 돈을 잃게 되면 여러 가지 경제적 곤란을 겪게 된다. 주변 사람들에게 피해를 줄 뿐만 아니라 가족들에게는 말할 수 없는 상처와 아픔으로 남게 되기도 한다. 이로 인해 하나님의 계획과 인도하심을 깨달아 회복이 일어나면 다행이지만, 얼마간 하나님과의 관계가 멀어질 수도 있다.

다단계 회사의 상품권에 수억 원을 잘못 투자하여 살고 있던 집마저 빼앗긴 어떤 이는 이혼 당하고 파산을 신청했다.

지금까지 출판된 많은 재테크 서적에서는 투자를 잘하기 위해 자본과 직관력, 순간 상황 판단력 등이 필요하다고 가르쳐 왔다.

하나님과의 지속적인 사귐의 관계를 갖는 것이 중요하다

성경에서는 우리가 가진 모든 소유의 주인과 그 원천은 하나님이라고 가르치고 있다. 하나님께서 부어주시지 않으면 아무리 열심히 일하고 투자해도 만사휴의(萬事休矣)다.

예수님은 포도나무를 통해 관계에 대해서 설명해 주셨는데, 가지가

그 나무에 붙어 있지 않으면 열매를 맺을 수가 없다고 말씀하셨다.

아버지와 자녀 사이에 서로의 의중(意中)이 통하지 않았는데도 돈을 함부로 쓰도록 내버려 둘 부모는 없다. 자녀에게 부모의 뜻에 합당한 생각과 행동이 표현되고 나타날 때, 그리고 적어도 '돈'을 혼자서 관리하고 쓸만한 그릇의 준비가 된 만큼 부모는 자녀에게 재물을 위임하고 맡기게 된다.

늘 사랑을 고백하고 주신 것에 대해 감사하는 자녀에게 더 많은 것을 주기 원하는 것이 부모의 마음이다. 하나님과의 올바른 관계는 삶을 통하여 열매로 나타나게 되어 있다.

하나님께서는 그분의 자녀들이 곤궁하여 "빈 지갑"으로 인해 상처 받는 것을 원치 않으신다. 자녀를 위하시는 필요에 따라 때로는 경제적 시련의 아픔을 허락하시지만, 하나님과의 건강한 관계를 통해 더 풍성하고 영향력 있는 삶을 살기를 원하신다.

투자를 잘하기 위해서는 인간관계의 성공에 있다

미국 보스톤대학에서 7세 어린이 450명을 40년간 조사한 결과에 따르면 성공에 가장 큰 영향을 미치는 요인은 다른 사람과 어울리는 능력이었다. 카네기 연구소의 조사결과에서도 성공에 있어 가장 중요한 요소의 85%는 인간관계라고 했다. 일본의 억만장자들은 연수입이 높을수록 훌륭한 맨토(Mentor)를 가지고 있는 비율이 높았다.

유대인들의 전승에 의하면 아브라함은 적어도 2만 명에 가까운 친구들을 자신의 사교영역 안에 두었고 손님들을 끊임없이 집 안으로 초대했으며 그의 장막에는 손님들이 쉽게 집 안으로 들어오도록 하기 위해 네 개의 길로 난 각각의 문을 두었다고 한다.

이것이 역사적 사실인지 확인할 수는 없지만 경제적 부를 누렸던 아브라함은 나름대로의 대단한 투자의 원칙과 철학을 가지고 있었던 것 같다.

원만하고 폭 넓은 인간관계를 가진 사람은 그렇지 않은 사람에 비해 투자 수익률이 더 높고 건강한 노후를 살게 될 확률이 많다. 인간관계를 잘 한다는 것은 나로 인해 상대방이 유익을 가져가는 것이고 고민과 문제가 해결되고 모든 사람과 평화한다는 것을 말한다.

공동체를 이루는 지속적인 일에 참가하고 정보를 공유하며 자신의 일을 알리는 일을 부지런히 함으로서 상대방에게 내가 도울 일이 있으며 그들을 도울 수 있게 되기를 원한다는 것을 암시해 주는 것은 인간관계를 잘하기 위한 지혜이다.

주의할 것은 다른 사람들과의 관계에 있어서 자신의 감정을 잘 다스릴 줄 알아야 한다. 수시로 변하는 감정을 가진 사람과는 어느 누구도 거래하고 싶어 하지 않기 때문이다. 또 일방적으로 나의 이익만을 위하여 계산된 목적의 만남은 좋은 관계 맺는 것을 어렵게 하고 귀중한 잠재적 자산을 잃는 결과를 가져올 것이다.

그러면 이제 투자를 잘하기 위한 구체적이고 실제적인 원칙들을 살펴보겠다.

투자는 반드시 여윳돈(자기자금)으로 해야 한다

투자하기 전에 적어도 6개월 정도의 생활비를 확보해 놓은 상태에서 자기자금으로 투자를 하는 것이 좋다. 수입이 갑자기 중단되거나 병이나 사고 등으로 혹은 예기치 않은 대내외적 상황으로 한꺼번에 많은 지출이 요구될 때 현명하게 대처할 수 있어야 하기 때문이다.

회사원 박 모 씨는 증권사 지점장인 친구의 말만 믿고 대출까지 받아가며 주식에 투자했다가 큰 어려움을 겪은 적이 있었다. 두 달 후면 원금과 함께 상당한 투자수익이 회수되리라고 예상했지만 막상 두 달이 지나자 원금 손실과 함께 그의 월급만 가지고는 대출이자를 갚기에 버거운 현실이 벌어진 것이다.

다음은 빚으로 부동산 재테크를 했다가 엉망이 되어 버린 한 40대 가장의 이야기다. 3년 전 결혼생활을 시작하며 재테크에 무척 관심이 많았던 이들 부부는 결혼 전 모아놓은 돈이 그리 많지는 않았지만 대기업이라는 안정된 직장에 다니고 있었고 또 맞벌이를 하고 있었기 때문에 다소 무리를 해서라도 재테크를 위해 과감하게 부채를 안고 집을 장만하기로 했다.

그래서 모든 것이 다 잘 되기를 기도하며 거주목적으로 빌라 한 채와 투자를 위해 아파트 한 채를 마련했다. 그러나 3년이 흐른 지금 이들 부부는 매달 갚아야 할 빚 때문에 마이너스 생활이 계속되고 시름은 깊어만 가고 있다.

현재 두 채의 집을 소유하고 있긴 하지만, 부채와 전세보증금을 빼고

나면 남는 자산이 거의 없는데다가 빌라 가격은 오히려 떨어졌고 아파트는 가격이 조금 올랐지만 금융비용을 제하고 나면 오히려 손해를 보고 있었기 때문이다.

게다가 아파트를 구입할 당시 1억 5천만 원을 은행에서 빌렸는데 매월 현금 흐름에 부담을 줄 것이란 막연한 생각이 점차 현실화되고 맞벌이를 했던 부부의 합산소득이 예기치 않게 줄어들자 이 가정의 현금 흐름은 극도의 위기상황으로 치닫게 되었다.

이 와중에 남편은 대학원에 다녔고 회사에서 받았던 상여금은 학비로 모두 지출됐다. 어느덧 매달 부채 상환금은 150만 원으로 늘어나 있었고 그마저도 신용대출(마이너스통장)은 이자만 갚고 있는 상황이 되어 버렸다.

이처럼 자기자본 없이 무리한 대출을 통한 투자는 매우 위험한 재정적 공황을 불러 올 수 있다. 현재의 수입구조도 중요하지만 가정에 닥칠지도 모를 미래의 주요 변수들을 고려한 재무계획이 필요했던 것이다.

만약 빚이 있는 상황에서 투자를 고려하고 있다면 더 신중을 기해야 할 것이다. 아무리 높은 투자 수익이 기대된다 할지라도 대출 금리 이상의 이익을 가져다주는 경우는 거의 없으며 오히려 이로 인한 불안과 긴장으로 건강을 해칠 뿐만 아니라 대부분 더 큰 빚을 떠안게 되기 때문이다.

디모데전서 6장 9절은 "부하려 하는 자들은 시험과 올무와 여러 가지 어리석고 해로운 욕심에 떨어지나니 곧 사람으로 파멸과 멸망에 빠지게 하는 것이라"고 기록하고 있다.

한 순간에 대박을 노리는 지나친 욕심은 늘 잘못된 투자의 길로 안내해 준다. 이로 인해 어리석고 해로운 정욕에 떨어져 더 큰 빚을 지는 것은 당연한 것이다.

"내가 살펴보니, 해 아래 큰 재앙이 있는데, 그것은 재물이 그것을 축적한 자에게 해를 끼친다는 것이다. 투자를 잘못하여 재산을 날려 버리니, 그 아들에게는 한 푼도 돌아가지 않는다. 우리는 태에서 알몸으로 나올 때처럼, 알몸으로 돌아간다. 손으로 수고한 그 어떤 것도 지니고 가지 않는다."(전 5:13~15, 쉬운성경)

재정목표에 따라 자금을 쪼개 투자하라

"재산을 일곱 군데, 아니 여덟 군데에 투자하여라. 이 세상에 어떤 불운이 닥칠지 모르지 않는가?"(전 11:2, 쉬운성경)

한 종목에 집중적으로 투자할 경우 잘되면 고수익을 얻을 수 있지만, 그렇지 못할 때에는 손실을 감수해야 한다. 상태가 악화되면 회복 불능 상태가 올 수도 있다.

모든 투자에는 자금과 시간, 노력 등이 동원되지만 그 어떠한 투자에도 절대적으로 수익을 보장받지 못하기 때문이다.

분산투자를 말하는 증시 격언 중에 "계란을 한 바구니에 담지 말라"는 말이 있다.

25세의 나이에 '저널 오브 파이낸스(The Journal of Finance)' 라는 금

융잡지에 '포트폴리오 선택'이라는 14쪽짜리 논문을 발표하여 포트폴리오(portfolio) 이론을 창시한 미국의 경제학자 해리 마코위츠(Harry Max Markowitz) 박사는 투자자산을 어떻게 결합하고 분산하는 것이 기대수익률을 효율적으로 높일 수 있는지를 통계학적으로 증명했다.

자산운용에 있어서 투자위험을 줄이고 투자수익을 극대화하기 위해서는 여러 자산에 분산투자하는 것이 반드시 필요하다는 얘기다.

특히 시장의 변동성이 커질 때 자금을 쪼개어 투자하는 것은 투자위험을 줄일 수 있을 뿐만 아니라 좋은 투자기회가 있을 때 손쉽게 투자 비중을 늘릴 수도 있게 해 준다.

또 투자를 위한 부동산이나 상품에 대한 구매와 매각의 결정시 적절한 시기가 중요하다. 정부의 강경한 부동산 정책발표에도 불구하고 정책에 맞서 무리한 대출을 통한 부동산 투자를 하는 것은 투자의 시기를 이미 놓쳤거나 아니면 잘못 판단한 것이다.

"범사에 기한이 있고 천하만사가 다 때가 있나니"(전 3:1)

주택이나 교육자금, 노후자금 등의 장기 자금을 마련하기 위한 투자를 한다고 가정할 때 투자자는 각 상품별 특징과 함께 시기를 잘 살펴야 한다.

급변하는 금융환경을 파악해 필요시기에 돈을 만들기 위한 자신만의 재무목표에 따라 연령대에 맞는 투자 상품의 비율을 유지해 나가야 한다.

예를 들면, 50대의 나이에 주식에 공격적으로 투자한다든지 아니면 20대의 나이에 거의 채권이나 부동산에만 투자하는 식의 투자방법은 효과적이라고 말할 수 없다. 투자에 있어서 시간과 금리가 수익을 좌우하기 때문이다.

복리(複利)의 구조를 이해하라

"지혜 있는 자의 집에는 귀한 보배와 기름이 있으나 미련한 자는 이것을 다 삼켜 버리느니라"(잠 21:20)

"땅에 작고도 가장 지혜로운 것 넷이 있나니 곧 힘이 없는 종류로되 먹을 것을 여름에 준비하는 개미와"(잠 30:24~25)

성경은 부채의 반대 개념인 저축에 대하여 많은 부분에서 우리에게 지혜를 주고 있다. 특히 애굽 땅에 칠년 동안이나 내려졌던 기근에서 살아남기 위해 칠년의 풍년동안 미래를 준비했던 요셉의 원리는 좋은 적용의 예라 할 수 있다.

그런데 오늘날과 같은 저금리 상황에서 우리는 좀 더 현명하고 지혜로운 저축을 하기 위해 복리의 구조를 알 필요가 있다.

복리란 금융회사에 돈을 맡기면 맡긴 원금에 더해 주는 이자 계산 방법의 하나로 일정기간 이자를 축적하여 원금에 가산시킨 후 이것을 새로운 원금으로 계산해 주는 방법을 말한다.

쉽게 말해 매월 적립한 금액에 대해서만 이자를 더해 주는 방식인 단리(單利)와는 달리 매월 적립한 금액과 발생한 이자에 이자를 더해 주는 방식이 복리인 것이다.

예를 들어, 100만 원을 1년 동안 연 5% 상품에 가입했다면 단리로 계산할 경우 처음 가입한 원금인 1백만 원에 대해서만 이자가 붙게 되므로 1년 후 세전금액이 1,050,000원이 된다. 하지만 복리로 계산할 경우 1개월까지는 단리와 동일하여 1,004,167원이 되지만 2개월째부터는 1개월 이자까지 붙은 금액인 1,004,167원에 대해서 이자가 지급된다. 이렇게 계산해서 1년 후에는 1,051,162원이 되어 단리보다도 1,162원이 더 붙게 된다.

그래서 동일한 이율을 적용한다면 투자기간이 길수록 복리와 단리의 수익률 차이는 현격하게 벌어진다.

[단리와 복리의 차이]

구분	1개월	2개월	수익금액(세전)
단리	1,004,167	1,004,167	1,050,000
복리	1,004,167	1,004,184	1,051,162

(투자금액 100만원, 연 5%금리, 단위: 원)

알버트 아인슈타인(Albert Einstein)은 복리에 대해 말하기를, 세계의 8대 불가사의이자 가장 위대한 수학의 발견이라고 했다.

1626년 네덜란드계 이민자들은 아메리카 인디언들로부터 지금은 전 세계 금융의 핵이 되어 버린 맨해튼을 불과 24달러에 사들였는데, 만약 투자 수익률 12%로 1626년에서 2002년까지 376년을 원금에만 이자를 지급하는 단리로 운용했다면 9,711달러밖에 되지 않지만, 복리로 계산하면 원리금은 무려 76,946,304,303,635,700,000(7천6백9십4경 6천3백4조 3천3

십6억 3천5백7십만)달러가 된다.

단리보다는 복리 상품에 투자하는 것이 훨씬 유리하다는 결론이다.

그런데 이와 같은 복리에는 원금(투자액)과 이자율(금리), 기간이라는 중요한 세 가지 변수가 있다.

다음의 표는 연 10%의 이율로 21세부터 8년 동안 저축한 경우와 29세부터 37년 동안 저축한 경우를 비교해 놓은 것으로써 투자기간이 얼마나 중요한지 말해 준다.

[복리와 시간의 이해] - ① 21세부터 8년 동안 투자

연령	21세	28세	29세	40세	50세	60세	65세
누적원금	100	800	800	800	800	800	800
수익금액	110	1,257	1,383	3,948	10,240	26,560	42,775

(연 10%금리, 단위: 만원)

[복리와 시간의 이해] - ② 29세부터 37년 동안 투자

연령	21세	28세	29세	40세	50세	60세	65세
누적원금	0	0	100	1,200	2,200	3,200	3,700
수익금액	0	0	110	2,352	7,854	22,125	36,304

(연 10%금리, 단위: 만원)

이것을 보면 젊었을 때부터 장기간 투자했을 때 더 많은 수익을 가져갈 수 있음을 알 수 있다. 장기투자가 배제된 복리의 효과는 거의 미미하다. 그리고 이자율(금리)이 복리에서는 기간과 함께 투자 수익을 크게 결정해 준다.

[복리와 금리차의 이해]

기간		5년	10년	15년	20년	25년	35년
누적		600	1,200	1,800	2,400	3,000	4,200
수익률	5%	680	1,552	2,672	4,110	5,955	11,360
	10%	774	2,048	4,144	7,593	13,268	37,966

(단위:만원)

그래서 1%의 금리차라도 꼼꼼하게 비교하고 돈을 저축해 나가는 습관을 지녀야 한다.

신데렐라가 되어 부자가 된 이야기나 카지노에서 대박을 터뜨렸다는 이야기는 세인(世人)들의 이목을 집중시키지만 실제 확률적으로는 거의 일어나지 않는다. 오히려 현재의 삶에 성실하며 지혜롭게 저축하는 습관을 갖는 것이 더 현명한 방법이다.

재무공식을 활용하라

미래의 어느 시점에 얻을 수 있는 수익을 기대하며 현재의 자금을 지출하는 것을 투자라고 한다. 그리고 이때 본인의 라이프사이클(Life

Cycle)에 맞는 투자 기간과 성향을 선택하고 금융환경의 변화에 기민하게 대처하는 것은 투자의 수익에 큰 영향을 끼친다.

투자는 항상 위험이 따르기 마련이다. 이런 위험을 투자자가 알고도 투자했다면 손실을 감안한 적극적 투자이고, 이해와 함께 분산 투자 차원에서 일부만 투자했다면 현명한 분산 투자라고 생각해야 할 것이다.

여기에서 중요한 것은 투자자금을 어떤 용도로 사용할 것이며, 얼마만큼의 기간을 투자할 것인가를 결정하는 것이다. 그래야 리스크로 인한 손실을 극복할 만한 대안이 있는지 결정할 수 있기 때문이다.

다음은 투자의 위험을 관리하고 수익률 향상을 도울 수 있는 재무공식이다.

'72법칙' 은 현재 가치를 두 배로 만드는 데 걸리는 시간을 알려준다.

72를 수익률로 나누면 돈이 두 배로 불어나는 기간을 간단하게 알 수 있는데, 예를 들어 1천만 원을 불입한 예금통장을 갖고 있을 때, 연 4%의 이자가 붙는다면 72를 수익률(4%)로 나눈 18이 나온다. 즉, 연 4%의 수익을 올릴 경우 1천만 원이 2천만 원이 되는 데 18년이 걸린다는 뜻이다.

이 법칙은 다양한 응용이 가능하다. 5년 안에 1천만 원을 2천만 원으로 만들고 싶다면 72를 기간(5년)으로 나눠보면 된다. 14.4%가 매년 확보해야 할 수익률이 되는 것이다.

72법칙은 구체적인 목표와 계획을 수립하는 단계에서 매우 유용하게 활용할 수 있다. 그렇지만 본인이 조금 공격적인 투자를 할 수 있다고 생각하면 72를 75까지 올리거나 그렇지 않다면 70까지 내려 보면서 자신에게 맞는 수익률을 찾아볼 수도 있다.

그리고 필요 시점에 따른 목표 자금과 필요 불입액을 결정하였다면 그 수익률에 맞는 적절한 상품을 찾아야 한다. 72법칙에서 나온 수익률을 보장해주는 상품이 있다면 더 없이 좋겠지만, 수익률이 높을수록 위험이 크다는 점에서 준비기간과 상품구성에 맞는 포트폴리오를 짜야 할 것이다.

'100-나이의 법칙'은 전체 투자금액 중 얼마를 공격적인 투자에 할애할 것인가를 알려주는 법칙으로 젊을수록 공격적인 투자에 비중을 높이라는 내용이다.

나이가 30세인 경우 [100-30=70] 70% 정도를 공격적인 투자 상품에 비중을 두고, 50세인 경우 [100-50=50] 50% 정도를 공격적인 투자 상품에 비중을 두라는 이야기이다.

젊은 사람은 공격적으로 자산을 구성해 투자하다가 손실을 봐도 기간에 따른 가격변동 위험을 회피할 수 있을 만큼의 시간이 나이가 많은 사람에 비해 충분하기 때문이다.

공격적인 상품이라고 하면 수익성이 높은 주식이나 주식형 펀드 등의 비교적 위험성 자산을 말하고, 나머지의 안전성 자산은 현금성 자산인 은행예금이나 채권을 말한다.

'100-나이의 법칙'은 부동산에 극도로 편중된 우리나라의 자산 구조상 적용이 쉽지는 않겠지만, 인구의 감소와 저성장 그리고 저금리 상황에서 포트폴리오(Portfolio) 구성상 적정한 투자 비중을 가늠하는 기준으로 활용이 가능할 것이다.

　'8:2법칙'은 본격적으로 공격적인 투자 상품을 선택하려고 할 때 어떤 상품에 투자해야 하는가에 대한 지침을 줄 수 있는 법칙이다.

　'8:2법칙'은 이탈리아 경제학자인 빌프레도 파레토(Vilfredo Pareto)가 소득분포의 불평등에 관한 연구를 하다가 발견한 법칙이라 하여 '파레토의 법칙'으로 불리기도 하는데 최소의 노력으로 집중한 20%가 80%의 성과를 달성한다는 것이 핵심이다.

　금융기관의 고객 상위 20%가 전체 매출의 80%를 차지하는 예에서처럼 일반적으로 투자수익의 80%는 20%의 투자에서 나온다.

　그래서 가치투자의 귀재인 워렌 버핏(Warren Edward Buffett)은 전체 상장종목 중에서 자신이 가장 잘 아는 기업 20%를 선택하고 그중에서도 가장 저평가되었다고 생각되는 종목을 골라 자산의 80%를 집중 투자한다고 한다.

　'−50=+100의 법칙'은 리스크(Risk) 관리의 중요성을 시사하는 공식이다.

　투자 전문가 마크 티어(Mark Tier)는 '−50=+100의 법칙'을 말하며 투자자본의 절반을 잃는다면 원점으로 돌아오기 위해서 돈을 두 배로 불려야 한다고 말했다.

　예를 들어, 1억 원 어치 주식이 폭락해서 5천만 원으로 떨어졌다면 원금회복을 위해서는 5천만 원이 두 배로 늘어나야 가능하다는 말이다.

한마디로 잃지 않는 것이 돈을 버는 것이다. 워렌 버핏도 투자 성공의
원칙 첫 번째를 돈을 잃지 않는 것이라고 했다.

$$0 \times 100 = 0$$

수입은 늘고 있었지만 예상치 못한 지출이 많아 늘 부채의 늪에서 허
덕이는 가정이 있었다. 예산을 세우고 가계부를 쓰고 아무리 열심히 일
하고 노력해도 전혀 엉뚱한 곳에서 돈이 새는 것을 막을 수 없었던 것이
다.

어느 순간 첫 단추가 잘못 끼워진 것을 발견하고는 말씀에 근거한 하
나님의 것을 정직하게 구별하여 십일조 예물을 드렸다. 지금까지 수확
할 곳이 전혀 없는 곳에 부지런히 100을 곱했지만 여전히 0이 되었던 이
유를 뒤늦게 깨달은 것이다.

미국의 유명한 억만장자인 록펠러(John Davison Rockefeller)는 어려
서부터 그의 어머니에게서 두 개의 주머니를 만들어 하나는 하나님의
것에, 아홉 개는 자신의 주머니에 넣게 하는 십일조 교육을 받았다. 그래
서 그는 8살 때 받은 20센트에서 2센트를 십일조로 드리기 시작하여 나
중에 부자가 되어 9/10까지 했다.

그는 세상을 떠나기 전까지 12개의 대학을 세웠고, 4,000여개의 교회
를 지원했으며, 뉴욕시민의 물 값을 영원히 지불할 만큼 많은 돈을 벌었

다.

그가 노년이 되었을 때 어떤 사람이 찾아와 어떻게 해서 그토록 큰 부자가 되었느냐고 묻자, 그는 서슴지 않고 "나는 십일조를 바칩니다. 십일조를 바치는 사람은 가난하게 사는 법이 없지요. 하나님은 십일조를 바치는 자에게 쌓을 곳이 없도록 복을 내려주시겠다고 약속하셨습니다" 라고 대답했다.

십일조는 구약의 율법이기 이전에 하나님의 명령이자 복의 통로라고 성경은 말한다. 모든 것이 하나님께로부터 왔고 우리는 그분의 것을 관리하는 청지기라는 것을 인정하며 순종하는 그분과의 관계 표현인 것이다.

창세기 14장 20절에서 아브라함은 조카 롯을 구한 후에 멜기세덱이라는 제사장에게 전리품의 십일조를 드렸고, 야곱도 하나님께서 자기를 평안히 아비 집으로 돌아가게 해주면 하나님께서 주신 모든 것 중의 십분 일을 드리겠다고 서원하였다. 신약에서도 마태복음 23장 23절에서 예수님은 형식적인 십일조를 드리는 유대인들에게 십일조의 중요성을 말씀하셨다.

하나님께 얼마를 드리느냐가 중요한 것이 아니다. 하나님께서는 드리는 것을 또 하나의 지불해야 할 청구서쯤으로 생각하고 부담과 짐으로 느끼기보다는 믿음과 기쁨으로 수입의 십일조를 드리는 사람의 온전한 태도를 기뻐하신다.

토머스 앤더슨(Thomas Anderson)은 태도에 대해 말하기를, 우리의 과거를 담은 도서관으로서 우리의 현재를 말해주며 우리의 미래를 예언

한다고 했다.

그런 의미에서 하나님께 대한 올바른 마음의 태도에서 나오는 현재의 십일조와 감사는 모든 소유의 원천이신 하나님께 복을 받기 위한 투자의 정석인 것이다.

크리스천에게 보험은 필요하다

아이가 고열로 심하게 앓고 있는 상황임에도 병원 한 번 데려가지 않고 기도만 하다가 결국 사망에 이르게 한 믿음 좋은(?) 부모 이야기가 얼마 전 신문에 소개된 적이 있었다. 그 이유는 창조와 치유의 근원 되신 하나님을 신뢰하기 때문이라고 하였다.

또 어느 인터넷 사이트 댓글에 자신을 기독교인이라고 소개하고 있는 한 자매의 주장은 많은 크리스천을 위험하게 만들고 있다는 생각이 들었다.

그 자매는 크리스천이 생명보험에 가입하거나 노후를 준비하기 위해 연금을 선택하는 것에 대하여 극도의 거부감을 글로써 표현했다. 인간의 생사화복이 하나님께 있기 때문에 온전히 주님께 맡기고 하나님의 뜻을 구하면 모든 미래의 문제는 해결된다는 것이었다.

이것은 얼핏 들으면 참 타당하고 믿음이 온전한 것처럼 보이나 좀 더 생각해 보면 하나님께서 인간에게 주신 자유의지와 환경과 다른 사람을 통해서 역사하시는 하나님의 능력과 은혜를 부정하고 거부하며 제한하는 태도에 불과하다.

　물론 사람을 만드시고 풍성한 교제를 하기 원하는 하나님께서는 우리를 위한 절대 공급자이심에 틀림없다. 그러나 인간의 모든 필요를 채워주시는 여호와 이레의 하나님께서 미래의 쓸 것들을 다 아시고 준비하시므로 다가올 미래의 사고나 불안에 대해서 걱정할 필요가 없다는 식이나 병원에 가서 의사의 치료를 받는다고 해서 믿음 없다고 보는 식의주장은 편협한 생각일 수 있다는 것이다.

　사람은 '돈'이라는 인간 공동체의 치명적인 약점에 노출되어 있다. 왜냐하면 만약의 경우를 대비하고 보상을 기대하는 가치수단도 역시 '돈'이기 때문이다.

　그러나 이 '돈'은 사람에게 좋은 것도 나쁜 것도 아닌 단지 약속 있는거래와 가치 교환의 수단일 뿐이다. 단지 누가 어떻게 벌어서 어디에 사용하느냐에 따라 과정과 결과의 선과 악이 결정 된다.

　그리스도인에게 있어서 '돈'은 굉장히 중요하다. 성경에 나오는 예수님의 비유 중 3분의 2가 '돈'(물질)과 관련되어 있기 때문이다. 우리의삶의 대부분이 '돈'을 버는데 시간이 소비되므로 '돈'을 통해서 우리는하나님의 하나님 되심을 나타내야 할 의무가 있다.

　그렇다면 이렇게 중요한 '돈'이 있다가 없어졌을 때 우리에게는 어떤일이 일어날까? 우리는 어느 순간 얘기치 못한 사건으로 '돈'을 잃게 되었을 때 큰 고통을 당하게 된다. 이로 인해 화가 나기도 하고 좌절이 있고 폐인이 되거나 생명을 끊게 되는 경우도 있다.

보험을 가입하는 사실 자체에도 동일한 원리가 적용된다고 본다. 하
나님을 믿고 신뢰하고 우선되심을 고백하지만 사전에 내일을 준비하는
것이다. 이것은 보험이라는 방패에 의지하고 보호(Protect)를 바라는 것
이 아니라 미래를 위하여 대비(Provision)하는 지혜를 말한다.
　"게으른 자여 개미에게 가서 그가 하는 것을 보고 지혜를 얻으라 개미
는 두령도 없고 감독자도 없고 통치자도 없으되 먹을 것을 여름 동안에
예비하며 추수 때에 양식을 모으느니라"(잠 6:6~8)
　"슬기로운 자는 재앙을 보면 숨어 피하여도 어리석은 자들은 나가다
가 해를 받느니라"(잠 27:12)

사고가 발생하면 본인과 상대방에게 막대한 경제적 손실을 안겨주므
로 여러 사람들이 모여서 적은 돈으로 세상의 제도와 경험과 방법을 이
용하여 위험을 회피하는 수단이 보험이다. 우리의 사회가 고도 산업화
되고 핵가족화되어가면서 이러한 필요는 더욱 절실해졌다.
　그러나 보험이라는 제도를 너무 과도하게 의지하고 이익추구를 위하
여 사용하게 될 때에 우리는 하나님의 인도를 소홀히 여기게 되고 의지
의 무게중심의 축은 자꾸만 보험으로 이동하게 되어 있다.
　하나님께서는 우리들에게 미래를 예측하고 잠재적 위험을 대비하려
는 건전한 노력은 원하시지만 보험을 통해 모든 것을 보호하려는 태도
는 원하시지 않는다.

쓸만한 보험에 가입하라

생명보험회사 VS 손해보험회사

회사원 김 모 씨는 심한 복통과 함께 고열로 대학병원 응급실에 입원했다. 병명은 불명열이라고 했다. 원인도 모른 채 열이 났고 근육통과 두통을 견뎌야만 했다. 결국 보름을 넘겨 여전히 불편한 상태였지만 퇴원하게 되었고 235만 원의 치료비를 지불했다.

다행히 오래 전에 대학 선배를 통해 질병보험에 가입해 놓은 터라 크게 돈 걱정은 하지 않았다. 그러나 일주일 후 보험회사에서 통장에 입금된 보험금을 확인하고는 깜짝 놀랐다.

처음 보험에 가입할 때 어떤 질병이나 재해에도 모두 보험금을 받을 수 있다고 설명을 들었는데 막상은 병원비에 턱 없이 모자란 36만원밖에 입금이 안 되었던 것이다.

보험은 크게 생명보험과 손해보험으로 구분된다.

생명보험이란 보험회사가 보험계약자로부터 보험료를 받고 피보험자의 생명에 관한 보험사고가 생길 경우에 약정한 보험금액을 지급하기로 하는 인보험(상법 제730조)이다. 따라서 보험사고가 생기면 구체적으로 피보험자에게 손해가 있느냐 없느냐를 따지지 않고 계약에서 정한 보험금액을 지급하기로 하는 정액(定額)보험이라는 점에서 손해보험과 다르다고 할 수 있다.

반면 손해보험은 보험계약자가 정한 보험료를 지급하고 보험회사가 보험의 목적에 대하여 생길 우연한 사고로 피보험자가 입을 재산상의 손해보상을 약정함으로써 효력이 생기는 보험(상법 제638 · 665조)으로써 실제 손해액만큼의 보장을 해주는 실손보장보험이다.

좀 더 구체적으로 살펴보면 사망 시 보장에 있어서 생명보험에서는 일반사망과 재해사망으로 나누고 정기(定期)와 종신(終身)으로 기간을 구분할 수 있지만, 손해보험에서는 질병사망과 상해사망으로 구분하고 종신토록 보장 받을 수 없다.

그리고 생명보험 상품은 사전에 약관에 명시되어 지급하기로 약속한 특정 질병과 그에 따른 수술비와 재해에 대해서만 정액으로 보험금을 지급하지만, 손해보험 상품은 일정금액의 정해진 한도 내에서 피보험자 본인이 부담한 의료비 전액을 보장해 준다. 이것을 의료비의 실손보장이라고 말한다. 이것은 새로운 질병의 출현이나 수술법이 발견되면 약관에 의한 면책(免責) 사항으로 보장해 주지 않거나 또 가입한 지 오랜 시간이 흐른 뒤 의료비의 상승으로 치료비를 감당하기 어려울 수 있는 단점을 지닌 생명보험에 비해 유리한 것이라 할 수 있다.

그러나 손해보험은 여러 회사의 의료비 담보에 가입하였을 경우 중복보상이 안 되고 치료비가 많이 드는 중대한 질병에 대한 보장이 생명보험 상품에 비해 상대적으로 약하다.

그리고 손해보험의 경우 기본적인 질병과 상해의 보장 외에 자동차운전 관련 특약(형사합의금, 벌금, 면허정지, 자동차 긴급비용 등)이나 배상책임(일상생활 중에 타인의 신체나 재물에 피해를 주었을 때 보상해

주는 것) 등의 담보를 추가할 수 있는 반면 생명보험은 질병 관련 특약, 상해 관련 특약만 추가할 수 있다.

그러므로 만약 큰 질병이나 사고에 대한 보상에 중점을 둔다면 생명보험 상품이 바람직할 것이고, 작고 사소한 치료비까지도 보상 받기를 원한다면 손해보험 상품으로 가입하는 게 유리하다.

[생명보험과 손해보험의 비교]

구분	생명보험	손해보험	비고
보장내용	특정질병	거의 모든 질병	
지급방법	정액보장	실손보장	
지급금액	상대적으로 고액	상대적으로 적음	
진단비 지급	있음	있음	특정질병 (암, 성인병 등)
보험기간	단기, 장기, 종신	단기, 장기	
입원비 지급	3일 초과 4일째부터 지급	입원 당일부터 지급	
보험료 변경	보험료 변경 없음	일부담보의 갱신으로 재산정	보험료 상승
의료비 보장	부분적으로 있음	있음	실손보장

위의 사례와 같이 진단명이 생명보험 약관에 명시되어 있지 않고 수술도 하지 않은 채 입원만 15일 했다면 생명보험 상품에서는 입원비 일당 외에는 보험금이 전혀 지급되지 않게 된다. 그러나 만일 손해보험 상품에 가입했다면 입원비 일당을 포함하여 280만 원 정도를 지급받았을

것이다.

종신보험 VS 정기보험

가정에서 경제활동을 하며 생계를 책임지고 있는 가장이라면 불의의
사고와 질병으로 유고 시 사망보험금을 통해 재정적 위험으로부터 벗어
날 수 있기를 기대하고 보험 가입을 희망할 것이다.

그러면서 생기는 또 다른 고민은 "사망보험금을 얼마로 하지?" 하는
것이다.

사망보험금을 책정하기 위해서는 먼저 가장과 배우자의 연간 총수입
과 지출을 기초로, 한 사람의 유고 시 생길 수 있는 지출의 여유분과 국
민연금, 그리고 배우자의 추가수입, 임대 소득 등을 고려해 지출될 수 있
는 총액을 계산하여 최소한 10년(자립이나 독립을 위한 시간)을 곱하여
계산한다.

예를 들어, 연간 소득이 3천만 원인 가장의 사망보험금을 계산해 보겠다.

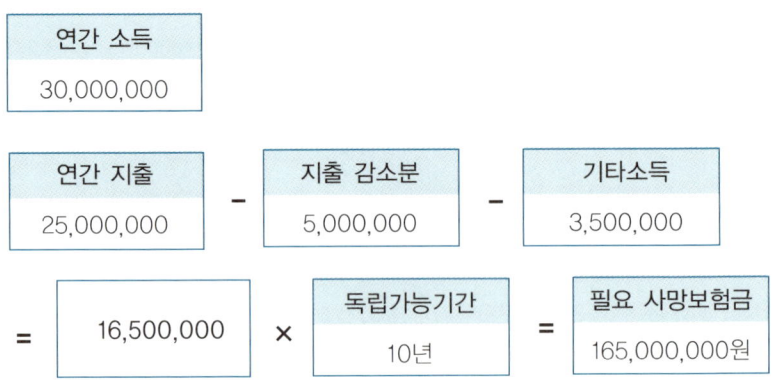

소득이 3천만 원이지만 실제로 필요한 생활비와 교육비, 그리고 10년 동안 부채를 갚기 위한 자금을 연간으로 나누어 계산해 보면 2천 5백만 원이었다. 이 중에서 가장의 유고 시 5백만 원이 더 이상 지출되지 않아도 되고 국민연금관리공단의 유족 연금과 임대소득 등으로 350만 원의 추가 소득이 발생하여 살아가기 위해 필요한 매년 금액은 1천 6백 5십만 원이 된다. 여기에 독립 가능기간 10년을 곱하면 1억 6천 5백만 원의 사망보험금이 필요한 것이다. 그런데 문제는 필요한 만큼의 사망보험금을 준비하기 위해서 생각보다 많은 금액을 보험료로 지불해야 한다는 것이다.

보험의 효용성면에서 반드시 가입하고 싶긴 하지만 집도 준비해야 하고 아이도 키워야 하는 등의 부담으로 사망보험에 가입하기가 쉽지 않다.

그러면 어떻게 하는 것이 현명할까?

[종신보험과 정기보험의 특징]

구분		종신보험	정기보험
보장 기간	사 망	종신(終身)	단기(정해진 기간)
	치료비	단기(정해진 기간)	단기(정해진 기간)
보험료		비싸다 (보험료가 일정)	저렴하다 (갱신 가입 시 보험료 상향)
만기환급금		있다	없다

사망을 보장해 주는 대표적인 보험으로 종신보험과 정기보험이 있다. 종신보험이란 선택한 담보 중 사망에 대하여 평생 동안 보장받을 수 있는 보험을 말하고, 정기보험이란 정해진 기간만큼 보장 받을 수 있는 보험을 의미한다. (그러나 종신보험의 치료비 담보는 기간이 정해져 있음)

경제활동을 하고 있는 가장이 예상치 않은 사고로 유고 시 남겨진 가족들의 경제적 어려움을 극복하기 위한 성격을 사망보험이라고 규정해 보면 어떤 보험을 선택할 것이냐 하는 문제는 쉽게 해결될 수 있다. 즉, '보장을 얼마동안 받을 것이냐' 하는 문제이다.

자녀가 성장해서 독립할 시점까지는 많은 교육비와 생활비 등이 필요한 시기로써 사망보험금이 필요하지만, 60세 이후가 되면 오히려 그동안 저축과 투자를 통해 은퇴를 위한 준비를 하는 것이 사망보험금을 준비하는 것보다 더 효율적이라는 말이다.

그리고 화폐가치는 시간이 흐를수록 떨어지는 것이 상식이다. 만약 물가 상승률을 4%로 가정한다면 현재 1억 원의 가치는 20년 후 약 4천 6백만 원에 불과하다. 그래서 지금은 많아 보이는 보장금액이 미래의 어느 시점에는 아주 작은 액수에 지나지 않을 것이다. 더구나 한정된 소득을 가지고 빠듯하게 여유자금을 만들어 가는 가정이라면 종신보험보다는 정기보험을 선택해 절감한 보험료로 노후를 준비하는 것이 훨씬 현명한 선택이라 할 수 있을 것이다.

물론 보유 자산(특히 부동산)이 많아 유족에게 상속세 등의 재원이 필요한 경우에는 종신보험이 활용 면에서 더 적합할 수 있다.

[종신보험과 정기보험의 보험료 비교]

구분	보장내역	보장료	보험료의 차이	비고
종신보험	일반사망보험금 1억원	135,000	0	환급형
정기보험	일반사망보험금 1억원	33,000	+102,000	순수보장형

(기준: 남자 30세, 표준체, 사무직, 승용차운전, 60세납)

'주택과 자녀 교육비 마련'을 위한 투자

"일단 집을 마련해야 합니다. 집을 마련하기 전까지는 왠지 안정된 생활을 하지 못할 것 같습니다. 그리고 집은 일단 사놓으면 계속 오르니까 무리를 해서라도 가장 먼저 아파트를 사는 게 좋지 않을까요?"

"제가 일을 하고 돈을 모으는 이유가 무엇이겠습니까? 아이들 교육시키고 잘 살도록 해 주면 제가 할 일은 다 하는 것 아니겠습니까? 다른 것은 다 포기하더라도 아이들 교육은 포기할 수 없습니다."

우리나라 사람들치고 내 집을 갖고 싶고 자녀를 잘 키우고 싶은 마음으로부터 자유로운 사람은 결코 없을 것이다.

부동산 투자냐, 투기냐?

오늘날 한 가족이 정을 나누며 살아가는 따뜻한 보금자리라고 생각하는 집은 어느덧 부의 판단 기준이 되어 버렸다. 초등학교에서조차 아파트 평수가 친구들을 갈라놓는다고 한다.

주거 공간의 개념인 집은 우리나라에서 자산을 보존하고 증식시키고 또 소득의 주요한 이전 통로 수단으로 활용되어져 왔다. 그래서 집이 없는 사람들은 무리를 해서라도 내 집을 마련하고 싶어 한다. 열심히 일한 수고에 비해 집을 사고팔고 하는 행위로 얻을 수 있는 이익이 너무 크기 때문이다.

성경에는 내 집 마련에 대하여 구체적으로 언급된 말씀은 없지만, 구약의 토지와 관련한 내용을 보면서 지혜를 구하는 것은 현명한 생각이라고 본다.

구약시대에 하나님께서는 사람들이 빚 때문에 토지를 잃고 남의 노예가 되는 상황을 막기 위한 많은 장치들을 마련해 놓으셨다. 노예 해방(출 21:2, 신 15:12), 토지매매금지(레 25:23), 빚 탕감(신 15:1) 등이 그것이다.

그중에서도 레위기 25장에 보면, 토지의 소유주는 하나님이시고 이스라엘은 하나님으로부터 분배받은 토지를 자손에게 물려주거나 임대 혹은 매매할 수 없다고 말씀하신다.

물론 집과 토지는 성격이 다르고 또 이것들을 임대하거나 매매하고 있는 모든 사람들을 향하여 정죄하고자 하는 것이 아니다. 다만 자신이 현재 살고 있는 장소 이외의 곳에 투기적 목적으로 토지나 집을 매매하여 전반적인 가격 상승을 부추기고 공공의 복지에 손상을 주는 일은 바람직하지 않다는 것이다.

집 사서 뭐하지?

크리스천으로서 살아갈 집을 준비한다는 것은 큰 의미가 있다. 집이라는 장소를 통한 하나님의 뜻과 계획을 기대하기 때문이다.

많은 사람은 평생을 집 한 채 마련하기 위하여 쉼도 없이 매일 같이 일한다. 또 어떤 이는 자랑하고 과시하고 드러내기 위해 혹은 자신의 부족한 부분을 대신해 줄 방어기제(防禦機制, Defense mechanism)로 집을 사용하기도 한다. 이것은 신분상승을 위해 치러야 할 통관의례를 자기 집이라고 생각하기 때문이다.

그러나 하나님의 사람들은 하나님 나라를 소망하고 가치가 과거로부터 전도(顚倒)된 사람들이다. 최근에 집을 구입한 한 형제의 간증을 소개한다.

가난한 집에서 태어난 그 형제는 늘 재정적으로 어려운 환경 속에서 살아왔다. 그러나 그에게 한 가지 소망이 있었는데 그것은 누구의 간섭이나 제약도 받지 않고 집을 개방해 많은 사람이 주님께 돌아올 수 있도록 좀 넓은 집을 갖는 것이었다. 교회 셀모임과 전도를 위한 이웃과의 친교모임을 위해 기꺼이 자신의 집이 사용되어지기를 원했던 것이다.

그래서 그는 필요한 돈을 달라고 기도했고 하나님께서는 기적적으로 그 기도에 응답해 주셨다. 시세와는 전혀 맞지 않는 낮은 가격에 집을 사겠다는 계약이 성사가 된 것이다.

집은 최초의 천국모형을 주신 가정의 처소이다. 이 처소를 통하여 하나님의 임재와 통치를 경험하고 쉼을 충전하며 왕의 자녀들이 누려야 할 기쁨과 평안을 갖게 된다.

집 없는 자의 설움을 회피하기 위해서가 아니고 쫓기거나 분주하지 않는 삶, 부담 없이 하나님 나라의 확장을 위하여 휴식하고 자신을 충전할 수 있는 안식처가 필요한 것이다.

집 장만, 이렇게 준비하라

내 집을 마련하기 위한 투자 계획을 세우기 위해서는 먼저 자신의 투자성향을 고려하여 구입 시기와 현재 보유자금, 대출 여부, 저축 가능 금액 등의 단계별 우선순위를 꼼꼼하게 정해야 한다.

청약통장 활용

우리나라에서 무주택자가 집을 구입할 수 있는 가장 보편적이고 확실한 방법은 청약통장을 이용하는 것이다. 왜냐하면 청약통장을 구비해야 아파트를 청약할 수 있는 자격이 주어지고 청약에 당첨되었을 때는 저축한 돈을 계약금 형태로 사용할 수 있기 때문이다.

청약통장 제도란 인기가 좋은 아파트의 수요와 공급의 균형을 관리하기 위해 정부에서 일정 기준을 마련하고 그 기준의 자격 요건을 충족하는 사람들에게 우선적으로 아파트를 공급받도록 하기 위한 것을 말한다. 이것은 신규로 분양하는 아파트를 비교적 값싸게 구입할 수 있는 현실적이고 안정적인 방법이다.

아파트는 크게 민간 건설업체에서 짓는 민영과 공공기관에서 짓는 공공아파트로 나뉜다. 만약 민영아파트를 분양 받기 원한다면 사전에 청약예금이나 부금에 가입해야 한다.

청약부금은 전용면적 85㎡ 이하에 청약할 수 있으며 정해진 금액을 2년 동안 납부하면 1순위가 되고, 청약예금은 지역별 차등 금액을 일시에 예치 한 뒤 2년이 지나면 1순위 자격을 얻게 된다.

그리고 공공아파트 분양을 희망한다면 청약저축에 가입해 두어야 하는데, 전용면적 85㎡ 이하에 청약이 가능하고 2~10만 원씩 5천 원 단위로 2년 이상 납부하면 1순위 자격을 얻게 된다.

그러나 현재 400만 명 이상의 1순위 자가 있는 상황에서 1순위 자격을 통해 아파트를 구입하기란 녹록치 않다. 그래서 정부는 청약 가점제를 도입하고 무주택 기간과 부양 가족수, 청약통장 가입 기간에 따라 가점 항목을 달리하여 점수를 매기고 청약의 우선권을 주고 있다.

무주택 기간 만점은 15년 이상, 32점으로 점수는 1년마다 2점씩 올라가고, 부양 가족수 만점은 6명 이상, 35점으로 1명씩 늘어날 때마다 5점씩 올라간다. 또 부모님은 3년 이상 모셔야 부양가족으로 인정된다. 가입 기간 만점은 15년 이상, 17점으로 가입 기간이 1년 늘 때마다 1점씩 올라간다. 그러므로 어느 지역에 어떤 주택을 구입할지 결정하고 청약통장 종류를 선택해야 한다.

특히 청약가점제 시행 이후 청약예금과 청약부금 가입자는 본인의 청약가점을 확인하여 점수를 높일 수 있는 방법을 찾아야 하고 청약저축 가입자는 납입액을 최대한 늘려야 경쟁력을 높일 수 있다.

주택 마련 중도금을 위한 장기주택마련저축(펀드)

장기주택마련저축(펀드)은 주택 마련을 위한 목돈을 만드는 장기 상품이다. 이 상품은 저축과 펀드가 있는데, 저축은 안정적인 확정금리를 받을 수 있고, 펀드는 운용실적에 따라 저축보다 높은 수익을 기대할 수 있다는 장점이 있다.

가입 자격은 만 18세 이상이고 무주택 혹은 공시가격 3억 원 이하의 전용면적 85㎡(25.7평) 이하 1주택을 소유한 가구주(세대주)이어야 한다. 그리고 7년 이상 가입했을 경우 이자소득에 대해 비과세 되고 매년 소득공제 등의 혜택을 받을 수 있다. 소득공제는 납입액의 40% 내에서 300만 원까지 가능하다. 그런데 만약 5년 이내에 해지하게 되면 그동안 받았던 소득공제 금액을 반환해야 한다.

한계소득세율이 17%인 근로 소득자에게 300만 원의 소득공제는 약 20%의 확정금리 상품에 가입한 것과 같은 효과가 있다.

만약 이 상품을 중도금 납입 시기에 맞춰 여러 개 분산하여 가입했을 경우 소득공제와 비과세에 투자수익까지 얹어 목돈을 잘 활용할 수 있을 것이다.

급매와 미분양 주택

본인이 살고 싶은 지역의 좋은 주택을 값 싸게 구입하기 위해서는 장기간의 치밀한 자금 계획을 세워 두고 이를 실행에 옮겨야 한다. 다른 사람이 집을 샀다고 해서 나도 덩달아 집을 살 수 있는 성질의 것은 아니기 때문이다. 어떠한 일에 있어서 10년 걸려 해야 할 일이 있고 3년 만에 할 일이 있다. 꾸준히 자금을 준비하고 매수할 기회를 노려야 한다.

일반적으로 시세 대비 10% 정도 싸게 집을 장만할 수 있는 방법으로는 급매나 미분양 아파트를 구입하는 것이다. 보통 다주택자나 상속용 혹은 고령자나 이민자 등은 절세를 위해 급하게 매물을 내놓는 경우가 많은데 이는 시장에서 저가로 부동산을 매입할 수 있는 기회이다.

이런 때를 대비해 평소 관심지역의 잘 아는 부동산 중개인과 친분관계를 유지해 두는 것이 필요하며 조급하지 않게 지불조건을 통한 가격 흥정을 잘 한다면 값싼 매물을 만날 수 있다. 주의할 점은 주변 시세와 비교했을 때 대출이 과하지 않았음에도 가격이 현저하게 싼 매물이나 이중계약서를 유도하는 등의 급매물은 반드시 피해야 한다.

그리고 일반적으로 미분양된 아파트는 청약통장과 무관한 수의계약으로 분양가가 저렴하며 중도금 무이자와 이자후불제 등 구입조건이 유리하다. 그래서 실거주 환경과 주변 시세, 그리고 교통 등을 잘 따져 보고 자신에게 맞는 지역의 주택을 구입하면 된다. 미분양 단지에 대한 정보는 은행공동 주택청약사이트(www.apt2you.com)나 주택건설업체 홈페이지에서 얻을 수 있다.

'사는 것' 과 '사는 곳'

서울시와 SH공사가 집에 대한 기본 개념을 '사는 것' 에서 '사는 곳'으로의 패러다임(Paradigm) 전환을 시도하며 장기전세주택(SHIFT) 제도를 추진하고 있다.

장기전세주택이란 '소유 중심' 의 주택개념을 '거주 중심' 으로 전환

한 것으로 서울시가 무주택자들에게 주변 전세 시세의 80% 이하로 2년 단위 재계약을 통해 최장 20년까지 내 집처럼 살 수 있도록 공급하는 전세주택을 말한다. 소형 위주로 공급되던 기존의 국민임대 주택과는 달리 전용면적 85㎡, 115㎡, 148㎡(26 · 33 · 45평형) 등 중대형이 많은 것이 특징이다.

수년 전부터 전 세계는 지금 급격한 금융환경의 변화와 자산 가치의 버블(Bubble)에 대한 우려, 그리고 유동성 축소 등으로 부동산 가격의 안정 내지 하락을 예고하고 있다.

부동산을 더 이상 투자가 아닌 꼭 필요한 사람들의 실질적인 주거를 위한 공간으로 접근하는 것은 바람직한 일이라 하겠다.

재테크가 유행하면서 가장 큰 화두는 내 집 마련이었다. 문제는 거주 목적을 위해 차근차근 돈을 모아 내 집을 마련하는 것이 아니고 투자 수익에 대한 막연한 기대감으로 부동산 투자를 무리하게 하는 바람에 가계 부채만 늘어난 가정이 적지 않았다는 것이다.

심지어 집값이 오르면서 부채 상환에 대한 긴장을 늦추는 경우도 있었다. 그러나 집을 소유했다는 화려함보다 당장의 현금 흐름 경색으로 생활비 걱정을 해야 하는 일이 더 많았을 것이다. 집은 있지만 현금 흐름이 막힌 상황은 안정된 주거환경이라 할 수 없다.

자신의 재정상황에 맞는 내 집 마련을 위한 현명한 투자방법을 선택하여 부지런하고 열심히 일하면서 하나님의 지혜를 구하는 노력이 필요하다.

엄청난 자녀교육비, 부모가 문제다

서울 광장시장에서 한복집을 경영하는 한 모 씨는 자녀를 키우고 있는 우리나라 거의 모든 가정이 그렇듯이 교육비 문제로 늘 고민하고 있다. 40대 중반인 이들 부부는 살고 있는 집 외에는 재산이 거의 없었고 누적되는 경영적자로 사업의 큰 어려움을 겪고 있는 중에 힘들게 맞벌이를 하는 월수입의 25%를 자녀들을 위해 지출하고 있었다.

이들 부부에게 두 자녀는 절대적이었으며 자신들이 하고 싶었지만 이루지 못했던 삶을 대신 살아주길 원했다. 그래서 영어 전문학원과 각종 예체능학원, 방문학습 등에 고액의 사교육비를 지출했다.

무엇보다도 큰 문제는 현재와 미래의 가정 경제규모를 고려하지 않은 채 상당한 금액의 교육비가 나가고 있었고, 초등학교에 다니는 자녀의 적성이나 특기를 무시한 부모들의 욕심에 의해서 또래의 친구들과 놀고 싶은 욕구를 억눌러 가며 공부를 시킨 결과 부모에게 반항하고, 아이들에게 엄마와 아빠란 존재는 필요할 때 돈만 주는 사람 정도의 인식밖에 심어주지 못했다는 것이다.

그리고 미래를 걱정하는 남편과 달리 아내의 자녀에 대한 애정은 더욱 남달라 교육비 지출에 있어서 남편과 협의는 전혀 없었고 모든 것이 일방적이었다.

통계청 자료에 의하면, 우리나라의 현재 1인당 평균 교육비는 취학 전의 경우 유치원과 학원비 등으로 연 190만 원이 소요되고 초등학생이 되면 연 223만 원, 중학생은 연 287만 원, 고등학생은 연 418만 원, 대학교 이상은 연 688만 원으로 자녀가 성장할수록 교육비 부담도 늘어나는 것으로 나타나고 있다.

특히 교육비 물가는 일반 소비자물가상승률의 거의 두 배에 해당하는 연 7% 수준이라는 점을 감안하면 실제로 들어가는 교육비 금액은 초등학교 6년간 2,091만 원이 되며, 같은 기준으로 중학교 3년간 필요한 금액은 1,815만 원, 고등학교 3,238만 원, 대학교 9,018만 원이 된다. 따라서 자녀가 입학하는 시점부터 해당과정 동안에 필요한 교육비를 모두 합하면 1억 원이 넘게 들어간다는 것을 알 수 있다.

이처럼 늘어만 가는 교육비, 우리의 가정 경제에 어려움을 가중시키는 큰 요인으로 작용하고 있다.

우리나라 부모들의 자녀에 대한 사랑은 교사의 무릎도 꿇게 할 만큼 특별하다. 그러나 성경에서는 자녀교육에 대하여 다음과 같이 말씀하신다.

"오늘 내가 네게 명하는 이 말씀을 너는 마음에 새기고 네 자녀에게 부지런히 가르치며 집에 앉았을 때에든지 길을 갈 때에든지 누워 있을 때에든지 일어날 때에든지 이 말씀을 강론할 것이며"(신 6:6~7)

이 명령은 자녀들의 교육적 책임이 다름 아닌 부모에게 있음을 말한다. 학교와 학원의 교사가 아니고, 교회의 선생님이 아니고 바로 부모에게 있다는 것이다.

부모가 동시에 직장생활을 하거나 사업을 하는 많은 경우에 이 말씀에서 교훈을 얻어야 한다. 결코 책임이 전가될 수 없다는 것이며, 부모에게 위탁하신 자녀에 대한 사명을 감당해야 한다는 것이다.

국내에는 최근에 소개되었지만 미국에는 홈스쿨링(Home schooling)이라는 제도가 있다. 공립학교의 지나친 과열 교육 환경이 자녀들의 신앙에 좋지 않다고 판단한 부모들이 자녀들을 집에 데리고 있으면서 신앙적 지도와 함께 일반과목에 대한 교육도 병행하는 교육 방법이다.

물론 이러한 교육이 부정적인 면도 있지만 일면 신앙교육을 우선한 좋은 성경적 교육 방법으로 평가 받고 있기도 하다.

학교교육을 위해 각종 학원과 과외 교육에 지출되는 비용을 아낌없이 쓰는 것에 비하면 하나님의 말씀으로 자녀를 양육하려는 열정은 우리가 배워야 할 태도라고 본다.

크리스천이 지나친 사교육에 많은 돈을 쓰는 것을 성경이 금하고 있지는 않지만 바람직한 행위라고 볼 수는 없다.

오히려 규모에 맞지 않는 교육비 지출구조는 가정 경제를 더욱 힘들게 할 뿐만 아니라 모든 것을 외부에 위탁하고 다 잘 되기를 바라는 것은 하나님의 보호하심과 인도하심에 대해 신뢰하지 못하는 것이며 더 나아가 자신도 모르게 돈이면 만사가 해결된다는 맘몬을 인정하는 것이 되고 말 것이다. 또한 부모의 자녀에 대한 지나친 교육적 이기심과 욕심은 자녀들의 건전한 성장을 방해하고 잠재력을 파괴한다.

지금 당장 사교육비가 자신의 소득에 큰 부담이 되지 않더라도 무리하게 교육비 지출을 늘려서는 안 된다. 시간이 흐를수록 교육비 부담이 급증할 가능성이 크고 소득증가율이 교육비 상승률을 앞설 것이라고 장담하기 어렵기 때문이다.

따라서 재무설계를 통해 차분히 앞으로 살아갈 인생의 라이프사이클(Life cycle)을 그려 보고 앞으로 어떤 일들이 일어나고 무엇을 준비해야 할 것인지 준비하는 노력이 필요하다.

온 가족이 함께 모여 자녀 교육이 어느 정도까지 진행되어야 하는지, 그리고 가족들에게 어떤 의미가 있는 것인지 등을 정리해 보는 것이다. 특히 부모의 노후 준비도 끝나지 않은 상황에서 자녀의 적성과 의도와는 상관없는 지나친 교육비 지출은 가정의 현금 흐름에 큰 타격을 가져올 수 있으므로 주의해야 한다.

오히려 자녀가 하나님께서 나에게 주신 선물이라는 사실을 인정하고 더 많은 시간을 자녀에게 할애하며 함께 있어줄 때 자녀는 더 많은 것을 배우고 유익한 것을 느끼게 될 것이다.

교육자금 마련, 어떻게 할까?

가계지출에서 차지하는 교육비 규모가 10년 전 9.8%에서 11.8%로 늘어났다. 자녀의 교육자금이 주택마련자금, 노후자금과 함께 우리가 인생을 살아가며 준비해야 할 중요한 목적자금 중 하나가 된 것이다.

또 전국 주요 20개 대학 등록금은 지난 5년간 평균 물가 상승률 3.3%의 2.1배에 달하는 평균 7.4%가 인상됨으로서 인플레이션을 감안한 교육자금 준비를 소홀히 할 수 없는 이유를 제공해 주었다.

교육자금은 부모가 자녀들을 어떻게 교육시킬 것인가에 따라 자금의 규모가 달라질 것이다. 따라서 그에 따른 교육비 지출규모와 시기를 사전에 예측하고 준비하는 것이 최선이다. 가능하다면 자녀와 함께 교육비를 준비하는 것도 교육적 측면에서 효과적이다.

실제로 미국에서는 학교 졸업 후 평균소득과 사회적응도에서 교육자금을 직접 마련해 본 경험이 있는 학생이 그렇지 않은 학생보다 우수하게 나타나고 있다고 한다.

그렇다면 이제 교육비 마련을 위해 어떻게 하면 좋을까?

지금 전 세계는 금융환경의 빠른 변화 속에 유래 없는 저금리 시대를 예견하고 있다. 저 성장기의 금리 인하가 불가피 할 것이다. 따라서 투자환경과 기간을 고려한다면 금리형의 예금상품보다는 투자형 상품으로 미래를 준비하는 것이 바람직하다고 할 수 있다.

만약 자녀의 출생 시점부터 교육비를 준비할 수 있다면 투자수익률을 10%, 교육비 상승률을 7%로 가정했을 때 월 30만 원 정도를 16년간 저축하면 고등학교와 4년제 대학자금까지 준비할 수 있게 된다.

교육보험 VS 적립식펀드

1970~80년대, 생명보험사들의 주력상품이었던 교육보험은 자녀와 부모를 피보험자로 자녀의 교육자금을 종합적(부모생존 및 사망 시)으로 마련하기 위한 상품으로 온 국민의 교육열과 함께 급속하게 성장했

다.

이 보험은 월 보험료를 정해진 기간 동안 납입하고 자녀의 성장 단계별로 일정 부분을 지급받는 형식의 상품이다. 가령 매월 10만 원을 납입하면 5살, 10살, 14살 때 각각 100만 원을 받고 대학에 진학하는 나이인 만 17세 때에는 300만 원을 지급 받게 되는 식이다.

하지만 이 교육보험은 물가 상승률 특히 교육비의 인상 부분 등을 전혀 고려하지 않고 당시의 가입 시점만을 기준으로 계산을 했기 때문에 가입자들에게 실질적인 도움을 주기가 어려운 한계가 있다.

반면 적립식펀드는 원금에 대한 투자 손실의 위험성은 있지만 장기간 일정 금액을 적립식으로 투자했을 경우 증시 급등락의 영향을 최소화할 수 있는 안정성이 있고 주식 매매 차익에 대한 비과세 혜택과 함께 투자기간과 비례하는 복리효과로 물가 상승률 이상의 투자 이익을 확보할 가능성이 크다.

그중에서도 특히 어린이 펀드의 경우에는 자녀의 이름으로 가입하여 증여세 신고를 할 경우 납입액을 기준으로 10년간 1,500만 원까지 증여세 공제가 가능하기 때문에 실제 펀드운용에 따라 투자 수익 금액이 늘어나더라도 증여세가 부과되지 않는다는 장점이 있다.

아름다운 퇴장을 준비하라

은퇴설계의 원칙

20년 전부터 미국 정부는 다양한 금융 교육을 통해 "정부는 당신들의 노후에 최소 생계만 보장할 수 있으니 나머지는 각자 준비하라"는 노후 준비 캠페인을 벌여 왔다. 그럼에도 지금 미국은 심각한 노인문제와 막대한 가계부채로 허덕이는 개인경제의 적자상태에서 벗어나지 못하고 있는 실정이다.

우리나라의 국민연금도 베이비붐(Baby boom) 세대가 연금을 받을 때부터 연금을 납입하는 사람보다 받아야 하는 사람이 더 많아지게 된다. 그래서 노후에 아주 작은 힘은 되어줄 수는 있지만 전적으로 의지하는 것은 어리석은 짓이다.

과거에 정년이 보장되고 비교적 적게 들었던 교육비, 주택 마련 비용 덕분에 안정된 둥지를 틀 수 있었던 베이비붐 세대와 60세에 환갑잔치를 해야 했던 기성세대와 달리 현재 우리 삶은 한 치 앞을 예측하기 힘든 어려운 상황에 살고 있다.

취업난의 증가, 늦은 결혼으로 인한 노년 출산, 예전에 비해 상대적으로 높은 교육비와 집값 부담, 정년의 불확실성 등 노후가 이르기도 전에 넘어야 할 산이 예전에 비해 높아진 것이다.

노후자산을 준비하기 위해서는 기본적으로 고려해야 할 것이 있는데 바로 투자기간과 복리이다. 왜냐하면 시간이 흐름에 따라 자산의 가치가 하락하기 때문이다.

[노후자산가치 = 불입액 × (1+수익률)의 투자기간 제곱근]

노후를 준비하기 위한 수단으로는 국민연금, 부동산, 상가, 직접투자 등 모든 자산이 활용될 수 있다. 그리고 중요한 것은 불확실한 노후에 사용할 안정적인 노후 자산을 만드는 데는 반드시 리스크를 적정하게 분산해야 한다는 것이다. 특히 부동산은 시장변수에 더해 정책변수까지 작용한다는 것을 알아야 한다.

더욱이 은퇴를 10년 정도 남긴 50세 전후의 베이비붐 세대들은 그동안 자녀교육과 주택구입 및 확장에 수많은 인생자금을 쏟아 부어 노후준비에는 무방비 상태로 노출되어 있다고 해도 과언이 아니다.

모든 가격은 공급과 수요에 의해 결정되는데, 그들의 은퇴시점에는 노후자산 부족으로 현재 몇 억이 넘는 보유 아파트의 상당 물량을 내놓게 될 것이고 그렇게 되면 취업도 못한 이태백 세대와 높은 분양가로 인해 결혼도 꺼려하는 요즘 세대들의 수요로는 그 공급을 받쳐주지 못한다는 가설이 상당한 설득력을 얻게 된다.

이 경우 역모기지론을 생각할 수 있는데, 주택에 대한 소유욕과 애착심이 많은 한국인의 실정에는 역모기지론을 일반적으로 활용하는 외국과 달리 그 심리적 박탈감과 충격이 클 수 있다. 현금자산도 없고 단지 콘크리트 실물자산밖에 없는 사람의 경우 최후의 수단으로써 역모기지론은 유일한 심리적 안정자산이기 때문이다.

거기에 최소 생계 비용인 국민연금까지 흔들리게 된다면 상황은 더욱 암울해진다. 상가 역시 특정기간 동안 좋은 현금 흐름을 가져다 줄 수 있을지 모르지만 최근에는 노후자금으로 사용할 자금을 일시에 상가에 투자한 자영업자들의 파산이 늘고 있는 상황 또한 숙고해야 한다. 직접 투자 또한 마찬가지이다.

노후자금 마련을 위한 직접 투자라면 투자하는 동안 생활비, 자녀교육비 등 유동성 문제가 있을 수 있기 때문에 10년 이상의 장기 보유(Buy&Holding)가 가능하거나 전문 펀드매니저 못지않을 정도로 꾸준히 일정 수준 이상의 수익률을 올릴 자신이 없다면 과감히 접어야 한다. 따라서 이들 자산의 가장 큰 문제점은 영구적으로 플러스(Plus)의 수익과 현금 흐름을 창출하지 못할 리스크가 많다는 것이다.

은퇴설계의 원칙은 기능적 은퇴 시점을 미리 예측하고 가계지출 통제를 통해 예방하는 것이 중요하다. 은퇴 준비라는 또 하나의 저축포트폴리오 플랜을 실행하기 이전에 과도한 부동산, 자녀교육비 등 지출 증가 항목을 합리적 수준에서 균형을 잡는 것부터가 풍요롭고 아름다운 노후 준비의 시작이라는 점을 잊어서는 안 될 것이다.

노후자금 마련을 위한 금융상품

일반적으로 노후준비를 위해 쉽게 고려할 수 있는 금융상품은 보험회사의 '연금' 이다. 보험사에서 판매되는 연금 상품에는 채권에 투자하여 수익을 내는 전통적인 금리연동형 연금과 유니버셜 연금(UL), 그리고 주식과 채권에 투자하는 변액연금(VA), 변액유니버셜(VUL) 등이 있다.

금리연동형 연금은 안정적인 채권에 투자하므로 수익성은 높지 않지만 원금손실의 위험이 없다는 장점이 있다. 선택 기준으로는 이율과 최저보증금리(초저금리에도 최저 이율 보증)가 얼마인지, 그리고 장기로 운영하는 자금이므로 회사의 안정성도 고려해야 한다. 소득이 불안정할 경우 납입유예(수시납) 기능이 있는 유니버셜 연금(UL)을 고려할 수 있다. 이 상품은 안정적 자산운용이 중시되는 50대에 연금을 준비할 경우에 적합하다.

변액연금(VA, VUL)은 채권과 주식에 투자하여 수익을 높이고자 하는 상품이다. 투자수익은 고객에게 직접 귀속되며 투자손실 또한 고객의 책임이다. 적립식 펀드처럼 매월 일정액을 꾸준히 투자함으로써 시간의 위험분산(매입단가 평준화)과 펀드를 통한 종목의 분산, 채권형, 주식형 등 펀드간 분산으로 안전장치를 마련하도록 구성되어 있는 것이 특징이다.

사망보장과 납입유예기능 여부에 따라 변액연금과 변액유니버셜로 구분되는데 변액유니버셜의 경우 상대적으로 저렴한 자연보험료 방식의 사망보장보험료(월대체보험료)로 일부 종신보험의 역할을 할 수 있고 소득이 불안정할 경우 일시 납입중단(2년 경과 후)을 할 수 있다는 것이 장점이다.

변액연금(VA)은 가입 시의 경험생명표가 연금 지급 시에 적용되며 사망보장이 거의 없어 순수하게 연금만을 목적으로 한다는 점에서 변액유니버셜(VUL)과의 차이점이 있다. 따라서 개인의 소득상황과 목적에 따라 달리 선택해야 한다.

"오십 세부터는 그 일을 쉬어 봉사하지 아니할 것이나"(민 8:25)

성경에서 퇴직에 대해 말씀하시는 유일한 구절이다. 나이가 들어감에 따라 하는 일은 달라져야 한다. 30대에 하는 일과 50대에 하는 일은 똑같은 일이라 할지라도 성격이 다르다. 이것은 나이의 차별을 의미하는 것이 아니라 역할을 강조한 말이다.

만약 나이가 들어서도 힘이 있고 할 수 있는 일이 있다면 최선을 다해 일해야 할 것이다. 이것은 하나님으로부터 이 땅에 보내심을 받은 자로서 충성을 다하는 것이고 후대에게 본을 보이는 삶이 될 것이다.

가능하다면 선교여행을 계획해 보는 것도 의미 있는 일이 될 것이다. 지금까지 쉼 없이 바쁘게 살아 온 인생을 돌아보고 하나님 앞에 서게 될 날을 기다리며 지상명령 성취를 돕기 위하여 다시 한 번 분주한 삶을 살아 보는 것이다.

믿음의 후배들을 위하여 맨토링(Mentoring)이나 어려운 이웃을 돕는 긍휼사역을 본격적으로 해보는 것도 좋을 것이다.

은퇴는 끝이 아니고 또 다른 값진 삶을 위한 시작이다.

7장

권고의 원리

돈과 이야기하다

"주의 증거들은 나의 즐거움이요 나의 충고자니이다"(시 119:24)

"너는 권고를 들으며 훈계를 받으라 그리하면 네가 필경은 지혜롭게 되리라"(잠 19:20)

"미련한 자는 자기 행위를 바른 줄로 여기나 지혜로운 자는 권고를 듣느니라"(잠 12:15)

권고의 원리 _ 돈과 이야기하다

부부의 연합과 '돈' 문제

36세 동갑내기인 맞벌이 부부. 남편은 외국계 컴퓨터 회사에 다니고 있었고 그의 아내는 몇 년 전까지 대기업의 사장실 비서로 일하고 있었다.

이들 부부는 29살 되던 해에 출석하던 교회의 소그룹 모임에서 만나 목사님의 주례로 결혼해 지금까지 7년째 결혼생활을 해오던 부부였고 겉으로 보기에는 여느 부부와 차이가 없이 행복한 가정을 꾸리고 사는 것처럼 보였다.

그러나 우리나라 전체 평균 소득의 상위 20% 안에 들만큼 비교적 많은 월수입은 이들 부부에게 늘 꼬리표로 따라 다녔고 각종 모임이나 집안일에 더 많은 경제적 부담을 해야 했다.

그리고 결혼 3년차 되던 해에 남편은 함께 근무하던 크리스천 직장 동료의 솔깃한 제의를 받아들였다. 그것은 재개발 계획이 있다는 서울 송

파구의 어느 한 아파트를 매입하는 것이었다.

신혼을 전셋집에서 시작하여 성실하게 돈을 모아오던 이들에게 하나님께서 주신 미래를 위한 투자의 기회라고 생각한 남편은 몇 년 뒤 행복해하고 기뻐할 아내를 생각했고, 그래서 아내에게는 숨겼다가 나중에 알려줄 생각으로 아내와 한마디 상의도 없이 과감하게 저리의 대출을 활용하여 투자를 했다.

남편은 거기에서 그치지 않고 현명했다고 생각하고 있는 선택을 통해 실현될 수익을 기대하며 평소에 사고 싶었던 값나가는 승용차도 당장에 부담이 없는 캐피탈 회사를 통해 구입했다.

그 사건 후에 이들 부부의 사이는 극도로 악화되어 갔다. 상의 없이 일을 저지른 사건이 화근이 된 것이다. 각 방을 쓰기 일쑤였고 돈을 제각각 관리하기 시작했으며 서로의 신뢰하는 모습이라곤 찾아볼 수 없었다. 그리고 일은 그때부터 꼬이기 시작했다.

평생을 편안하게 다닐 것 같았던 아내가 어느 날 갑자기 회사의 퇴직 대상자 명단에 들어간 것이다. 만삭이 다된 아내의 충격은 물론이거니와 아무런 대책 없이 일을 벌인 남편의 걱정은 이만 저만이 아니었다. 당장 갚아야 할 대출이자가 자기 총수입의 절반을 넘어갔던 것이다.

그러나 불행은 거기서 끝나지 않았다. 부동산 거품과 양극화의 여론이 한바탕 지나간 뒤 정부의 각종 부동산 규제 정책들이 쏟아져 나오기 시작하며 거래는 꿈틀도 하지 않았고 그동안 기대를 모았던 아파트는 오히려 가격이 하락하기 시작했다. 갑자기 중단된 아내의 소득과 예상치 못했던 자녀의 출생으로 가계의 경제는 더욱 힘들어졌고 아파트를 팔고 싶어도 안 팔릴 만큼 침체된 부동산 경기와 거듭되는 금리 인상으로 마침내는 대출이자를 연체하기에 이르렀다.

아무런 문제없이 출발했던 이들 부부에게 어느 순간 찾아 온 경제적 어려움의 원인은 무엇이었을까?

먼저, 일확천금의 사고방식으로 전혀 알지 못하는 영역에, 그것도 성급하게 중요한 일을 결정한 것이었다.

"부지런한 자의 경영은 풍부함에 이를 것이나 조급한 자는 궁핍함에 이를 따름이니라"(잠 21:5) "충성된 자는 복이 많아도 속히 부하고자 하는 자는 형벌을 면하지 못하리라"(잠 28:20)

빌린 돈을 이용해서 남들보다 훨씬 먼저 부자가 될 수 있다는 유혹은 그리스도인들에게도 예외 없이 찾아오며 이는 때로 심각한 위기상황을 초래한다. 더군다나 전혀 알지 못하는 분야에서 다른 사람의 말만 믿고 무턱대고 투자를 결정하는 행위는 너무나 어리석은 행위이다.

심지어 어떤 그리스도인들은 어떤 사람이 그리스도인이라고 하면서 거래를 위해 찾아와서는 "제가 새벽에 기도하고 있었는데 하나님께서 당신에게 전화하라고 말씀하셨습니다"라고 말하는 사람들의 말을 쉽게 믿고 거래에 응하는 경우도 종종 있는데, 이는 특히 조심하고 경계해야 한다.

그리고 하나님께서 주신 돕는 배필을 무시하고 상담하지 않았다. 남편에게 있어 최고의 재정 컨설턴트는 아내이다.

가정 살림의 '공동의 의사결정'은 처한 문제의 증상을 발견하고 처방을 내리기 가장 적합한 하나님께서 주신 해결안인 것이다. 다른 사람의 충고는 들을 수 있지만 집안 살림의 당사자이자 재정 형편을 가장 잘 이해하고 있는 배우자의 의견을 무시하는 이율배반을 남편들이 아무렇지 않게 행한다. 그러나 일반적으로 여자는 남자와는 다른 직관과 감성적 예리함을 가지고 있다.

대기업 임원을 지내다가 외환위기를 거치며 명예 퇴직한 이 모 씨는 퇴직금으로 대로변에 24시 편의점을 하기를 원했으나 아내와의 의논 끝에 수도권 소재 단독택지를 매입해 임대사업을 시작했다. 그리고 현재는 이 집에서 매년 5천만 원 이상의 임대수익을 올리고 있다.

만약 본인의 뜻대로 편의점을 했었더라면 지금쯤 큰 재정적 곤경에 처했을 것이다. 왜냐하면 얼마 지나지 않아 근처에 대형마트가 생겼고 인접해 있던 빌딩에 입주해 있었던 기업이 모두 다른 지역으로 본사를 옮기면서 수요가 사라져 버렸던 것이다.

적어도 사회문화적 배경이나 다른 사람을 의식한 관념을 내려놓고 중요한 재정적 선택 앞에서 조언을 구하는 태도가 필요하다.

가정에서 남편과 아내에게 주신 한 몸을 이룬 연합과 역할의 특권은 재정적인 결정과 투자문제에 있어서 최상의 균형을 맞추어 줄 것이다.

성경적인 재정 상담가를 만나라

아들의 유학비를 마련하지 못할 것 같다는 부담감 때문에 자살을 선택한 어느 50대 어머니의 이야기가 언론기사에 실린 적이 있었다.

갑작스런 아버지의 명예퇴직으로 더 이상의 유학비를 감당하기 어려워지자 아들은 입대를 선택했고, 그 아들의 전역 날짜가 점점 다가오는 것을 보고 이 어머니는 심한 우울증에 시달리다 결국 아들에게 평생을 짊어지고 살아야 할 상처만을 남긴 채 생을 마감하고 말았던 것이다.

정작 이 가족은 해결해야 할 경제적 문제를 앞에 놓고 함께 고민하고 유학비용에 대한 여러 좋은 방법들을 찾았어야 했다. 그리고 만약 현재 가계의 구성원만으로 어려운 재정 상황에서 벗어날 수 있는 객관적인 판단이 어려웠다면 전문가의 도움을 구하는 것이 더 현명한 선택을 가능하게 했을 지도 모를 일이다.

재정적 어려움을 안고 있는 많은 사람과 상담을 해오면서 가장 안타까웠던 것은 하나님의 관점에서 올바른 재정적 가치관을 가지고 있는 재정 전문가의 도움을 사전에 받지 못해 곤란을 당하게 되는 경우가 많았다는 것이다.

잠언 19장 20절은 "너는 권고를 들으며 훈계를 받으라 그리하면 네가 필경은 지혜롭게 되리라" 고 말씀하고 있고, 잠언 12장 15절에서는 "미련한 자는 자기 행위를 바른 줄로 여기나 지혜로운 자는 권고를 듣느니라", 그리고 잠언 10장 8절에서 "마음이 지혜로운 자는 계명을 받거니와 입이 미련한 자는 멸망하리라"고 말씀하신다.

일반적으로 사람들이 상담자의 조언을 구하지 않는 이유 중 하나는 체면을 중시하는 한국인의 문화적 특성에서 기인한다.

다른 사람들에게 자신의 현재의 경제상황을 알리고 싶어 하지 않는 마음이 지배적이고 자신이 이미 결정한 경제적 행위에 대한 타인의 개입이나 간섭을 싫어하는 것이다. 또 조언을 구하는 사실 자체만으로 자신이 무능하거나 나약하다고 사람들이 판단할 거라는 생각을 가지고 있다.

이 같은 자신만의 아집이나 편견은 때로 재정적 상황을 더욱 악화시키고 미래의 보장에 대한 경제적 어려움을 가중시키게 된다.

옛부터 곳간 열쇠는 며느리에게도 주지 않는다는 말이 있다. 이 말은 굳이 시어머니와 며느리의 소원한 관계를 말한다기보다는 믿음이 생길 때까지는 한 집안의 재정을 내보이지 않는다는 의미로 해석할 수도 있다.

한 집안 식구인 며느리에게도 이러한데 하물며 남에게 자신의 모든 것이 드러나는 가계부를 펼쳐 보이는 것은 우리나라 사람들에게 쉬운 일이 결코 아닐 것이다.

복 받은 부자, 크리스천을 논할 때 우리는 록펠러를 자주 거론한다. 그러나 록펠러가 세계적인 부호가 될 수 있었던 이유는 그의 철저한 신앙적 행위와 더불어 절대적인 하나님의 주권이었고, 그의 주변에 있는 수많은 재정전문가의 탁월한 도움을 받았으며 일을 함에 있어서 최선을 다했던 그의 노력이 있었음을 우리는 종종 간과한다.

물질(돈)은 목적을 이루기 위한 수단이며 모으는 과정이 하나님 앞에서 정직해야 하고 철저하게 이성적이며 합리적으로 관리되어야 한다. 결코 감정적으로 물질(돈) 앞에 종속당해서는 안 된다.

지난 참여정부의 국민적 화두는 '양극화'이다. '비대칭정보(asymmetric information)'라는 말이 있다. 사전적 의미로는 특정한 시장참가자가 다른 시장참가자들에 대해 배타적으로 가지는 정보 또는 다른 시장참가자들과의 상이한 내용의 정보를 말한다. (보통 경제학에서 거래 당사자들 간의 소유한 정보의 양과 질에서 차이가 남으로 인해 문제가 발생한다고 할 때, '정보의 비대칭성이 존재함으로 인한 문제'라고 말한다)

갈수록 복잡해지는 금융환경은 정보에 대한 개인의 접근 용이성을 떨어뜨리고 있고 수익추구에 집착하는 금융기관은 공공성에서 멀어져만 가고 있다. 정보를 보다 빨리, 그리고 많이 소유한 사람이 부자로 가는 지름길에 서 있게 되는 게 현실이다. 다시 말해, 부자는 더 큰 부자가 되고 정보에 무지한 가난한 사람은 대를 이어 세습을 강요당해 양극화의 희생양이 된다는 것이다.

그래서 정보에 밝은 금융전문가에 의한 '돈 제자리 찾아주기' 및 투자계획은 너무나도 중요하다. 이것을 통하여 계획하고 목표한대로 굽히

지 않고 실천한다면 건강한 소비습관을 갖게 되고 나의 자산이 과학적이고 체계적으로 관리되며 증식되는 것을 보게 될 것이다.

또한 자녀를 양육할 때 넉넉한 자금으로 자녀를 교육하고 결혼시키고 꿈을 실현시켜 줄 수 있게 될 것이다.

특히 복잡한 돈 문제로 얽혀 있거나 지나칠 정도로 일이나 사업에 매달리고 있는 사람, 재정적 문제 때문에 누군가를 비난하고 원망하고 있는 사람, 지나치게 욕심이 있거나 게으른 생활을 하고 있는 사람, 무절제한 낭비로 빚더미에 앉아 있는 사람 등은 사실 스스로 해결하기 힘든 덫에 걸려 있을 확률이 매우 크다.

이 경우 반드시 성경적 재정 전문가의 도움을 얻어 재정에 있어서의 자유를 얻는 것이 필요하다.

8장

속함의 원리

하늘의 보물을 사모하다

속함의 원리 _ 하늘의 보물을 사모하다

천국에서 누가 크니이까?

5보다 0.5만큼 부족하다는 이유로 5 앞에만 서면 늘 자신 없고 우울하고 시무룩한 4.5가 있었다. 그러던 어느 날 5는 4.5의 전혀 다른 모습을 보게 되었다. 이제 더 이상 전처럼 시무룩하지도 우울해 보이지도 않고 당당하며 자신 있게 밝은 모습을 하고 있는 4.5를 보게 된 것이다. 그래서 5는 4.5에게 물었다.

"4.5야, 네가 많이 달라진 것 같은데 그 이유가 뭐니?"

그러자 4.5는 대답했다.

"나! 점 뺐어!"

오늘날 많은 사람은 예수님을 믿으면서도 이 땅에서의 삶이 마치 영원할 것처럼 바라며 살고 있다. 좀 더 큰 아파트에 살기 원하고 좋은 승용차를 타고 남들에게 인정받을 만한 고가의 옷을 입으며 다른 사람들과는 다른 고급의 문화생활을 하고 싶어 한다. 또 많은 크리스천은 재물을 더 쌓아가고자 하는 욕망과 예수님의 충성된 청지기가 되고 싶은 마음 사이에서 갈등한다.

그러나 부에 대한 욕망이 크면 클수록 자기중심적이 되며 명예와 탐욕을 추구하게 된다. 그리고 경제적으로 불확실한 미래에서 살아남기 위해 바람직하지 못한 충동으로 죄를 낳게 되기도 한다.

우리는 이 땅에서 이방인이요, 방문자며 순례자이다.

"외모로 보시지 않고 각 사람의 행위대로 심판하시는 이를 너희가 아버지라 부른즉 너희가 나그네로 있을 때를 두려움으로 지내라"(벧전 1:17) "사랑하는 자들아 거류민과 나그네 같은 너희를 권하노니 영혼을 거슬러 싸우는 육체의 정욕을 제어하라"(벧전 2:11)

여기에서 나오는 순례자는 정착자가 아니라 어느 곳에도 소속되어 있지 않은 여행자이며 물질에 대한 지나친 집착이 그의 마음을 흩뜨릴 수 있다는 것을 정확히 알고 있는 사람이다. 물론 물질은 순례자의 여정에 있어 큰 도움이 되는 가치 있는 것이지만 그것은 그 물질이 그의 임무수행을 도울 수 있을 때뿐이다.

물질은 우리를 이 땅의 삶에 집착하도록 만들거나 하나님의 뜻을 따를 수 없도록 만드는 족쇄가 될 수 있다는 사실을 알아야 한다.

만일 우리의 눈이 보이는 것들에만 탐닉한다면 우리는 보이지 않는 것들, 즉 영원한 것들로부터 멀어지게 되어 있다.

"우리가 주목하는 것은 보이는 것이 아니요 보이지 않는 것이니 보이

는 것은 잠깐이요 보이지 않는 것은 영원함이라" (고후 4:18)

우리는 우리가 가진 소유물들이 우리의 것이 아니고 주인의 것임을 인정하는 삶을 살아야 한다. 장차 예수님과 얼굴을 맞대고 지나간 삶을 돌이켜 볼 때 우리가 보냈던 시간과 투자했던 물질 혹은 영향력 등이 주님이 보시기에도 중요한 것들이어야 한다.

모세가 살았던 당시 애굽 왕 바로는 세상에서 가장 힘 있는 왕이었다. 모세는 바로 왕의 딸의 아이로 입양됐기 때문에 모든 부와 권력, 그리고 왕족으로서의 특권을 누릴 기회를 가질 수 있었다. 히브리서 11장 24~26절을 보면 모세가 나중에 무엇을 선택했으며, 왜 그러한 결정을 내렸는지 잘 설명하고 있다.

"믿음으로 모세는 장성하여 바로의 공주의 아들이라 칭함 받기를 거절하고 도리어 하나님의 백성과 함께 고난 받기를 잠시 죄악의 낙을 누리는 것보다 더 좋아하고 그리스도를 위하여 받는 수모를 애굽의 모든 보화보다 더 큰 재물로 여겼으니 이는 상 주심을 바라봄이라"

모세는 영원히 지속될 유일하고도 진정한 상급을 바라보았기 때문에 히브리인 노예가 되기를 선택했으며 또한 놀라운 방법으로 하나님께 쓰임을 받게 되었다.

예수님께서도 마태복음 24장에서 마지막 때에 임할 징조를 여러 비유로 말씀하셨다. 그 가운데 하나는 노아의 때, 모든 높은 정상의 봉우리들이 물 밑에 잠겨 버린 것처럼 권력과 권세를 자랑하고 우쭐대며 다른 사람을 업신여기는 모든 사람들이 예수님이 임하실 때 사라질 것을 말씀하신다.

그리고 항상 깨어 있어 도둑이 집을 뚫지 못하게 하라고 말씀하셨다. 이 말씀은 이 세상에서 내가 소중하고 가치 있다고 여기는 것들을 도둑같이 임하셔서 취하신다는 비유로써 하나님 앞에서 아무것도 자랑할 것이 없음을 가르쳐 주고 계신다.

영원히 움켜진 것 같은 뿌듯함 속에 가진 물질을 서로 자랑하는 사람들은 하나님 보시기에 4.5와 5의 차이만큼도 안 되는 인생을 오해하며 사는 피조물일 뿐이다.

어쩌면 아무것도 아닌 점 하나로 인해 우리의 삶과 자신이 지닌 진정한 가치를 인식하는데 큰 장애가 되고 현재의 삶을 영생이라는 렌즈를 통하여 보지 못하는 원인이 될 수도 있다.

영원을 사모하라

지난 1세기 동안 지속되어온 한국교회의 외형적인 성장은 일찍이 세계 어느 곳에서도 유래를 찾아볼 수 없는 괄목할만한 일로써 세계 여러 교회들의 비상한 관심과 감동과 찬사를 불러 일으켜 왔다.

그러나 한국교회의 내부적인 사정을 자세히 들여다 본 사람들은 오늘날 한국교회가 안고 있는 수많은 폐단과 문제점들을 발견하고는 외형적인 성장에 대한 찬사에 못지않게 심각한 우려를 표명한다.

그중에서도 항상 지적되는 병폐는 잘못된 축복관에서 비롯된 기복신앙이다. 기복신앙은 비단 한국교회만의 문제가 아니라 모든 시대의 교회가 직면한 문제였으며 심지어 주님 당시의 제자들이나 백성들까지도 이러한 기복신앙에 깊이 잠겨 있었음을 성경은 말씀해 주고 있다.

기복신앙에 대한 치유책으로서 주신 말씀이 마태복음 5장에서 7장까지 나오는 산상수훈이었다. 팔복으로 시작되는 산상수훈에서 예수님은 복에 대한 일반의 오해를 바로잡고 모든 사람이 가져야 할 참된 복에 대한 관념을 심어주셨는데, 즉 복은 소유(Having)가 아니라 그 사람의 존재(Being)와 관련된 것으로 참 행복은 소유를 많이 하는 것이 아니라 참 사람됨을 지향하는 올바른 인격에 있다는 가르침이었다.

그러므로 무엇을 많이 가지려고 노력하는 사람이 아니라 하나님이 기뻐하시는 참 사람이 되는 것이 중요하다. 그런 면에서 한국교회의 문제는 기복신앙 자체가 아니라 존재보다 소유를 앞세우는 전도된 가치관이라고도 할 수 있을 것이다.

예수님께서는 사람들 누구나가 자신을 이롭게 하려는 욕망을 가지고 있고 오직 자신의 이익과 결부된 문제에 대해서만 깊은 관심을 나타낸다는 것을 아셨다. 그래서 "너희를 위하여 보물을 땅에 쌓아두지 말고 하늘에 쌓아두라"는 가르침을 주셨다. 그리고 계속해서 "우리의 보물이 있는 곳에 마음도 있다"고 말씀하심으로써 보물과 마음 사이의 밀접한 관계를 강조하셨다.

보물의 가치란 오직 그것에게 이끌리는 마음의 애착이 얼마나 강하느냐에 달려있다. 보물이 가짐, 즉 소유의 문제라면 마음은 곧 인격의 문제인 것이다.

비록 보물이 있는 곳에 마음이 이끌리는 것은 피치 못할 사실일지라도 이 둘은 전혀 별개의 것이며 결코 하나일 수 없다. 즉, 부자가 되는 것과 참 사람이 되는 것은 별개의 문제라는 것이다.

언젠가 주님이 이 땅에 다시 오시면 이 세상 모든 것들은 사라질 것이며 정작 그분이 거두어 가시는 것은 오직 소망을 하늘에 두고 믿음으로 살아온 우리들의 마음일 것이다.

이로써 우리의 보물을 땅에 쌓지 말고 하늘에 쌓아두라 하심은 주님이 우리의 재물에 관심이 있어서가 아니라 오직 우리의 마음이 거룩하게 보존되기를 바라시기 때문이다.

주님은 우리의 보물들, 이를 테면 재산이나 지식, 권세 등을 결코 사악하거나 불의한 것으로 정죄하지 않으신다. 다만 그것들을 어디에 쌓느냐 하는 문제에 관심을 두신다.

그래서 주님은 땅과 하늘을 대조시켜 말씀하시기를, 땅은 좀과 동록과 도적이 있어서 우리의 보물을 두기에 적합지 못한 곳이나 하늘은 이러한 해충이나 도적이 없는 곳으로 우리의 보물을 두기에 가장 안전한 곳으로 소개하신다.

그러므로 우리가 땅에 쌓아놓은 모든 것은 반드시 변질되거나 썩거나 소멸되고 만다. 뿐만 아니라 땅에 쌓은 보물들이 썩어지는 동안에 거기에 가 있는 우리의 마음도 함께 부패하게 된다. 그러나 우리의 보물을 하늘에 쌓아두면 영원히 안전하고 거룩하게 될 뿐만 아니라 우리의 마음도 항상 하늘을 향하게 된다.

우리는 땅에 속한 사람이 아니라 하늘에 속한 사람이다. 이 땅에서의 삶은 일시적이며 잠시 후에는 하늘에 올라가게 될 것이다.

그러므로 소유보다는 인격을, 물질적인 것보다는 영적인 것을, 일시적인 것보다는 영원한 것을, 나를 위한 것보다는 남을 위한 것들을, 그리고 모아둔 것보다 사용한 것들을 더욱 가치 있게 여기면서 우리에게 주어진 소유와 시간과 재능을 하나님 나라의 확장을 위해 아낌없이 사용해야 한다. 잃음이 없이는 얻는 것도 없기 때문이다.

벼랑 끝에서 하나님은 일하신다

벼랑 끝은 하나님의 시작이다

독수리는 생태학적으로 자신의 보금자리를 만들기 위해 보통 다른 동물의 손길이 닿지 않는 높은 절벽 위나 벼랑 끝에 둥지를 튼다. 그리고 그 자리에 깔깔한 나무 조각을 깔고 가는 가지로 모양을 만든 뒤 그 위에 부드러운 풀을 올려놓고 자기 몸에서 나온 부드러운 깃털로 푹신한 침대를 만든다.

그러나 높은 벼랑 끝 둥지 속에서 편하게 어미가 물어오는 먹이를 맛

있게 먹으며 푹신한 침대에 누워 잠자는 생활도 새끼 독수리들에겐 잠깐이다. 때가 되면 어미 독수리는 날개를 펄럭이며 새끼들을 둥지에서 쫓아낸다. 그래도 둥지를 떠나지 않는 새끼들을 어미 독수리는 날개 위에 태우고 하늘로 올라가 새끼를 아래로 떨어뜨린다.

그때까지도 새끼 독수리들은 자기에게 날개가 있다는 사실을 모른 채 단지 살기 위해 발버둥 치다가 어느 순간 이미 날고 있는 자신을 발견하게 된다.

스스로 생존할 수 있도록 벼랑 끝에서 밀어 내는 어미 독수리의 익숙한 사랑은 우리를 결코 포기하실 수 없는 하나님의 사랑이다.

하나님은 인간의 한계상황까지 지켜보시며 때로는 조심스럽게 궁지로 몰아가신다. 인간이 끝이라고 생각한 지점이 하나님의 시작점이다.

아브라함이 하나님께 순종하고 재물로 바칠 그의 아들 이삭을 칼로 내리치기까지 아무 일도 일어나지 않았다. 또 갈릴리 바다에 풍랑이 일어 제자들이 떨고 있을 때도 예수님은 주무시고 계셨고 아브라함에게도 13년이라는 긴 시간 동안 하나님은 침묵하셨다.

이스라엘 백성들도 가까스로 애굽을 나와 도착한 홍해 앞에서 추격하는 애굽 군대와 창일한 홍해바다 사이에 절대절명의 순간을 맞이해야 했다. 그러나 지도자 모세와 이스라엘 백성들은 벼랑 끝 아래로 한 발을 내려놓는 믿음을 실행함으로 홍해가 갈라지는 기적을 체험하게 된다.

다니엘도 벼랑 끝 체험을 했다. 다니엘은 지혜가 탁월하고 정직하고 성실해 느부갓네살 왕으로부터 총애를 받고 있었다. 그런데 어느 날 느부갓네살 왕은 두라 평지에서 금신상을 세워 자기가 다스리는 중동의 모든 나라 문무백관들을 다 불러 모아 그 앞에 경배하게 했다. 그러나 다니엘과 그의 세 친구는 하나님만 섬기기로 한 약속을 지키고자 끝까지 절하지 않아 죽을 위기에 처하게 된다. 믿음으로 하나님을 의지했는데 결국 죽게 된 것이다.

그러나 느부갓네살 왕이 제 분을 못 가누고 풀무불을 일곱 배나 뜨겁게 하는 중에도 하나님은 여전히 침묵하신다. 마침내 풀무불 가운데 뛰어 내렸을 때 하나님께서는 일하셨다. 워낙 불길이 거세 던지러 들어갔던 군인들조차 타 죽은 현장에서 다니엘과 그의 세 친구들의 머리털 하나라도 그을리지 않도록 하나님께서는 보호하셨던 것이다.

한강 근처에서 삼겹살집을 운영하는 김 집사도 비슷한 경험을 했다. 그는 지나치게 자신의 능력을 과신한 나머지 무리하게 사업을 확장하다가 많은 빚을 지고 회사는 부도 처리되었고 몸과 맘이 만신창이가 되었다. 그리고 울고 있는 다섯 살배기 아들과 임신한 아내를 뒤로 한 채 피할 길을 찾을 수 없었던 한계상황에서 친 형제보다도 더 친밀한 애정으로 보살펴 주셨던 어느 교회 목사님의 따뜻한 헌신과 사랑으로 교회 뒤쪽 쪽방에서 하나님을 만났다.

두 손 들고 붙잡고 있었던 모든 것을 내려놓았을 때 하나님께서 일하셨다. 그리고 지금까지와는 전혀 다른 방법으로 도무지 알 수 없는 곳을 통해 정확히 6개월 동안 필요를 공급해 주시는 하나님을 체험했다.

포기할 것을 포기하라

정글에 사는 원숭이를 잡기 위해 사람들은 구수한 냄새가 나는 땅콩을 집어넣은 목이 긴 유리병을 이용한다. 냄새를 맡은 원숭이는 땅콩을 집으려고 병 속에 손을 넣어 가득 움켜쥐지만 주먹을 쥐고 있는 손을 목이 좁은 병에서 뺄 수는 없다. 땅콩을 포기하지 않고는 절대 병에서 손을 뺄 수 없다는 사실을 원숭이는 모르고 있는 것이다.

현재 자신이 가지고 있는 것을 놓기만 하면 가능하고, 단지 포기만 하는 것으로 포로 됨에서 자유할 수 있음에도 땅콩을 먹기 위한 욕심과 집념이 인간을 향한 하나님의 일하심을 방해한다. 나 스스로 무슨 일이든지 할 수 있다는 그 생각을 포기하라.

신학대학교 학생들의 특별 강의에 초청을 받은 81세의 죠지 뮬러(George Muller) 목사님이 어느 학생의 질문을 받았다.

"목사님, 목사님께서는 평생 동안 약 1만 명의 고아들을 양육하셨고, 10만 명의 주일학교 학생들을 길러내셨습니다. 그리고 허드슨 테일러와 같은 수많은 선교사를 세계 각국에 파송하고 약 2만 권의 성경을 미개민족들에게 반포하셨는데, 목사님이 하신 일들을 금액으로 계산해보니까 약 800만 불정도 들어갔습니다. 어떻게 빈손으로 이 엄청난 자금을 동원할 수 있었습니까?'

그 질문을 받은 죠지 뮬러 목사님은 의자에서 일어나 돌아서더니 의자 위에 두 손을 얹고 기도하는 자세를 취하며 잠시 후 힘들게 다시 일어나 "여러분! 내 비결은 이게 전부입니다"라고 말했다.

어떻게 할 수 없는 상황에서 자신을 비워 포기한 채 하나님의 도우심을 바라는 것. 이 믿음의 날개가 평생을 승리로 이끌었던 것이다.

하나님의 단골은행이 되다

쿠바의 어느 노인 이야기

쿠바의 어느 바닷가에 한 노인이 살고 있었다. 조각배를 타고 단신으로 고기잡이를 하며 사는 이 노인은 바다에 나간 지 84일이 되도록 단 한 마리의 고기도 잡지 못했다. 그러다가 마침내 85일째 되는 날 노인은 큰 청새치를 잡게 된다. 그런데 고기가 워낙 큰지라 죽을힘을 다해 싸운 이틀간의 사투 끝에 가까스로 고기를 배에 끌어 올려 귀로 길에 오른다. 그러나 이번에는 큰 고기를 보고 달려드는 상어 떼의 습격을 받게 되고, 노 끝에 매단 칼로 힘겨운 싸움을 벌여보지만 항구에 돌아왔을 때 남는 것이라곤 앙상한 뼈뿐이었다.

이것은 어니스트 헤밍웨이(Ernest Miller Hemingway)가 쓴 '노인과 바다'의 줄거리다. 그런데 이 노인의 이야기가 어쩌면 출세와 성공이라는 고지를 향해 발버둥질하며 살아가는 인간의 일생을 잘 담아내고 있는 듯하다.

어느 순간 한낱 폐물에 지나지 않을 인간의 욕심은 무의미한 목표를 향해 질주하고 결국에는 담아낼 수조차 없는 가치를 위해 더 소중한 것을 잃고 살아간다.

그러나 이러한 지적인 동의와 앎에도 불구하고 문제는 바로 지금의 암울하다고 느끼는 현실 인식에 있다. 그래서 이를 악물고 때로는 수단과 방법을 가리지 않고 돈 버는데 열중하기 일쑤다.

이것은 돈을 많이 가진 사람이든 적게 가진 사람이든 모두 매한가지다. 돈이 없어서 삶이 불편하고 자존심 상하고 고통스럽다. 돈이 많은 사람은 경쟁자에 비해 부족하다고 느끼는 자신의 한계를 수용하지 못한다.

그렇다면 우리는 어떻게 경제적 자유를 이끌며 만족이라는 욕심의 고지를 점령할 수 있을까?

우리는 앞서 우리의 모든 소유가 하나님께 속했으며 하나님께서 각자의 재능을 따라 예비하신 풍성한 복을 주신다는 사실을 나눈바 있다.

"네 하나님 여호와를 기억하라 그가 네게 재물 얻을 능력을 주셨음이라 이같이 하심은 네 조상들에게 맹세하신 언약을 오늘과 같이 이루려 하심이니라" (신 8:18)

이즈음에서 마태복음 25장에 나오는 예수님의 달란트 비유를 다시 한 번 생각해보자.

어느 날 주인은 먼 길을 떠나며 종들을 불러 각각 그 재능대로 달란트를 차등하여 맡겼다. 마침내 주인이 돌아와 결산을 해보니 많이 받은 두 명의 종은 갑절의 달란트를 남겼지만, 한 달란트 받은 종은 땅에 묻어두었다가 그대로 가져왔다. 그 결과 주인으로부터 한 달란트 받은 종은 악하고 게으른 종이라 책망을 받고 그 있는 것마저 빼앗기지만, 두 달란트와 다섯 달란트 받은 종은 주인의 즐거움에 참여할 수 있는 특권을 누리게 된다.

여기서 종들의 재능은 무엇일까? 주인으로부터 각각 다른 달란트를 받게 되는 결과를 가져 온 이 종들의 재능이란 어떤 특별한 능력이 아닌 주인에게 예속되어 있으면서 주인과의 관계를 통해서만 능력이 발휘되는 주인의 마음을 헤아릴 줄 아는 마음이다.

주인의 잘되는 그 일이 곧 내가 잘되는 일이라고 여기며 주인이 기뻐할 일을 알아내는 마음이 많은 달란트를 받게 되는 종들의 능력이다.

이스라엘 전군을 호령할 수 있었던 능력을 가진 사울 왕도 자신의 보위와 그에게 속한 세력을 지키기 위한 욕심으로 가득했을 때 골리앗 앞에서 숨을 죽일 수밖에 없었다. 그러나 전쟁의 승패가 만군의 여호와 하나님께 달려 있다고 생각하며 주인의 마음을 헤아릴 줄 알았던 목동 다윗의 능력은 단지 조약돌 몇 개를 가지고도 큰 힘을 공급받을 수 있었다.

중요한 것은 보여 지고 나타난 현재의 나의 삶이 전부가 아니라는 사실이다. 우리가 하나님의 뜻을 묻고 의중을 좇아 살 때 하나님께서는 우리의 능력 이상으로 더 큰 일을 이루시기 위해 예비하신 달란트를 주신다.

하나님의 단골은행이 되다

결혼하면서부터 줄곧 찾는 은행이 있는데, 그곳을 나의 가족들은 고유한 은행명 대신 단골은행이라 부른다. 그곳에 가면 항상 친절하고 또 규모가 커 부도가 날 것 같지도 않고 무엇보다 타 은행에 비해 예금금리가 높았다. 그만큼 자금운용을 잘하는 전문 인력과 노하우가 있는 것 같다.

때로 돈이 필요할 때면 돈도 빌려주고 여러 유용한 금융정보도 제공해 준다. 또 공익을 위하여 많은 사회적 약자들을 돌보는 일을 하고 있다고도 했다. 그래서 나는 나의 입맛에 꼭 맞는 그 은행 외의 곳에 돈을 맡겨 본 적이 거의 없다.

하나님께서도 이와 같지 않을까? 우리는 늘 돈 문제로 갈등하고 힘들어 하면서 우리를 향한 하나님의 관심은 뒤로 한 채 더 많은 달란트를 달라고 기도한다. 그러나 정작 하나님께서 주시는 재물을 받을 자격이나 준비가 안 되었다.

만약 은행이 국제결제은행(BIS)이 규정한 자기자본비율에 미치지 못하면 차입자체가 어려워지고 또 차입하더라도 높은 조달비용을 부담해야 하는 것처럼 하나님의 재물을 맡은 청지기가 제대로 된 관리자의 사명을 감당하지 못한다면 이미 받은 재물을 빼앗기거나 부도가 나 큰 고통을 당할 수도 있다.

우리의 마음이 두 달란트와 다섯 달란트 받은 종들과 같이 먼저 바뀌어야 한다. 그때까지 하나님께서는 참고 기다리실 것이다. 하나님께서

많은 돈을 믿고 맡기실 수 있는 하나님의 단골은행을 지금도 찾고 계신다. 돈이 꼭 필요한 사람들에게 흐름을 연결해 줄 수 있는 신실한 하나님의 단골은행을 통해 하나님께서는 일하실 것이다.

하나님의 단골은행

초판 1쇄 발행일 2009년 7월 20일

저　자 | 김진만
발행처 | 베드로서원
발행인 | 한순진
이사장 | 한영진

등록번호 : 제318-2005-000043호 · 등록일자 : 1988. 6. 3

서울시 영등포구 양평동4가 281 삼부르네상스한강 1307호
Tel. 02)333-7316. Fax. 333-7317
www.petershouse.co.kr
E-mail : petersbooks@hotmail.com

베드로서원은 기독교문화 창달을 위해 좋은 책 만들기에 힘쓰고 있습니다.
*파본 및 잘못된 책은 바꾸어 드립니다.

ISBN 978-89-7419-272-3

값 10.000원

미주사역
PETER'S HOUSE
2150 Cheyenne Way #178, Fullerton, CA 92833
Cell. (714)350-4211
e-mail _ soonjinhan@hotmail.com